UNE VALSE À VIENNE

DU MÊME AUTEUR

Autobiographies

J'ai quinze ans et je ne veux pas mourir (Grand Prix Vérité, 1954), Fayard. *Il n'est pas si facile de vivre*, Fayard.
Embrasser la vie, Fayard

Romans

Dieu est en retard, Gallimard.
Le Cardinal prisonnier, Julliard
La Saison des Américains, Julliard.
Le jardin noir (Prix des Quatres-Jurys), Julliard.
Jouer à l'été, Julliard.
Aviva, Flammarion.
Chiche !, Flammarion
Un type merveilleux, Flammarion
J'aime la vie, Grasset
Le Bonheur d'une manière ou d'une autre, Grasset.
Toutes les chances plus une (Prix Interallié), Grasset.
Un paradis sur mesure, Grasset.
L'Ami de la famille, Grasset.
Les trouble-fête, Grasset.
Vent africain (Prix des Maisons de le Presse), Grasset.
Une affaire d'héritage, Grasset.
Désert brûlant, Grasset.
Voyage de noces, Plon.
Une question de chance, Plon.
La Piste africaine, Plon.
La Dernière Nuit avant l'an 2000, Plon.
Malins plaisirs, Plon.
Complots de femmes, Fayard.
On ne fait jamais vraiment ce que l'on veut, Fayard.
Aller-retour, tous frais payés, Fayard.
Une rentrée littéraire, Fayard.
Relations inquiétantes, Fayard.
L'Homme aux yeux de diamants, Fayard.
Donnant, donnant, Fayard.
Les années cannibales, Fayard.

Recueil de nouvelles

Le Cavalier mongol (Grand Prix de la Nouvelle de L'Académie française), Flammarion.

Lettre ouverte

Lettre ouverte aux rois nus, Albin Michel.

Romans « américains » parus sous le pseudonyme de William Dickinson

Des diamants pour Mrs Clark, Albin Michel et Fayard.
Mrs Clark et les enfants du diable, Albin Michel et Fayard.
De l'autre côté de la nuit, Mrs Clark à La Vegas, Albin Michel et Fayard.

Pour plus d'informations concernant les œuvres de Christine Arnothy (résumés années, éditions étrangères, etc.), consultez son site : **www.arnothy.ch**

Christine Arnothy

Une valse à Vienne

Fayard

ISBN : 978-2-21364-296-3

À mon fils François Bellanger,
avec ma profonde affection,
et toute ma reconnaissance.

Une valse à Vienne

Chapitre 1

– Monsieur Grüber, je vous demande deux minutes de patience, le Président va vous recevoir.

Dans l'antichambre de Gorgue Industries, quelle contenance prendre pour celui qui avait choisi « par défaut » le métier de détective ?

Dans son bureau, siège de tous les pouvoirs, dominant le quartier de la Défense, le Président Nader le reçut avec tous les égards.

– Monsieur Grüber, votre réputation vous a précédé !

Grüber haussa les épaules.

– Je ne suis qu'un modeste détective privé qui se demande bien pourquoi vous l'avez convoqué.

L'interlocuteur se mit à sourire et prononça d'une voix confidentielle :

– Un jour, une histoire d'adultère… Vous devriez vous en souvenir…

– Ma conscience professionnelle me demande d'oublier mes missions précédentes.

– C'était un test. Je voulais m'assurer de votre discrétion totale... Vous êtes d'origine allemande, monsieur Grüber ?

– En effet, mais je n'imagine pas que vous m'avez fait venir pour vous informer sur mes origines.

Le Président paraissait encore solide pour ses soixante ans, même si la couleur de ses joues trahissait un déjeuner trop arrosé ou bien une alerte cardiaque passagère.

– Ma femme a disparu, monsieur Grüber. Je ne veux pas ébruiter l'affaire. En aucun cas je ne m'adresserai à la police. C'est grave et imprévisible ! Je voudrais que vous veniez à mon hôtel particulier visiter la partie de l'appartement réservée à ma femme. Vous y trouverez peut-être des indices.

– Depuis combien de temps a-t-elle disparu ?

Sous une allure de sportif, Grüber cachait une profonde frustration. Sa vocation d'architecte avait été contrariée, ses études de droit, un échec ; il s'était alors découvert un instinct de flic, fouineur, intuitif et sensible aux signes.

– Pourquoi me donner rendez-vous à votre bureau s'il était prévu que je vous accompagne chez vous ?

– Je préférais vous interroger avant de vous dévoiler mon intimité. Je suis solide alors que ma femme est plutôt du genre « fébrile ». Je dois la ménager.

– Qu'entendez-vous par « fébrile » ?

– Fantasque, peut-être.

« Fantasque » ne lui semblait pas le terme approprié, mais il ne pouvait pas avoir d'avis, ne connaissant pas l'épouse en question. Il se demandait aussi quel âge pouvait bien avoir celle qui avait ainsi quitté le domicile conjugal. Si elle était plus jeune que lui, n'avait-elle pas disparu dans les bras d'un homme moins âgé ?

Sans échanger un mot, ils montèrent dans la limousine du Président. Grüber était satisfait, son destin jusque-là anodin, virait enfin à l'aventure.

– Vous êtes perdu dans vos pensées, lui fit remarquer Nader, tout en commandant la vitre qui les séparait du chauffeur.

– Je ne peux pas commenter des faits que je ne connais pas !

– Je vous parlerai dès que nous serons arrivés. Monsieur Grüber, avez-vous beaucoup de relations en Allemagne ?

– Beaucoup ? Je suis de Munich…, enfin, mes parents sont nés à Munich, et ils sont venus habiter Paris, dans le 13e arrondissement.

– Puis-je vous demander pour quelles raisons un couple d'Allemands a choisi de s'installer à Paris ?

– Ils avaient des origines strasbourgeoises, et parlaient français entre eux. Pas bien, mais ils le parlaient. Mon père a trouvé du travail dans une entreprise franco-allemande.

– La vraie raison ?

– Comme l'âge de votre épouse, ce n'est pas un sujet de conversation. Disons qu'il y en avait plusieurs.

– Je crois que vous êtes parfait pour la mission que je voudrais vous confier.

En silence, ils gagnèrent le domicile privé.

– Venez, dit le Président. Montons au premier étage. Vous aurez des surprises. Pour des raisons de sécurité, nous n'avons gardé qu'une entrée étroite et modeste, commune aux deux immeubles.

Le premier et le deuxième niveau étaient élégants et richement décorés. Le détective suivit l'homme qui allait peut-être l'engager. Ils entrèrent dans ce que le Président de Gorgue Industries appelait « l'appartement de ma femme ». Une grande valise attendait au milieu de la pièce et, sur une table près d'un mur, s'étalaient un assortiment de vêtements et de chaussures, ainsi que divers objets.

– Ma femme voulait emballer tout cela, mais elle a dû partir précipitamment sans sa valise.

– Vous permettez, dit Grüber, que je regarde ce qu'une femme que j'imagine chic et élégante, voulait mettre dans sa valise ?

– Bien sûr. C'est pour cette raison que vous êtes ici.

– Cinq pull-overs en cachemire, quatre paires de chaussures luxueuses, plusieurs boîtes de petits pois et de sardines, des tubes de dentifrice, quatre ou cinq savons, des sous-vêtements, du chocolat…, plusieurs tablettes… Où votre femme allait-elle avec tout cela ? demanda Grüber en ouvrant une boîte en carton bourrée d'assez de médicaments pour approvisionner un hôpital de campagne.

– Nous devions partir ensemble. Selon moi, elle a dû faire sa valise et la femme de chambre a tout déballé.

– Pourquoi des aliments ? Il y a même deux boîtes de biscuits. Vous alliez faire du camping ?

– Quand nous voyagions, ma femme tenait à faire ses bagages elle-même. Au début, cette habitude m'amusait. Cela ressemblait toujours à une malle de survie. Il ne manquait que les fusées de détresse…

Il se croyait amusant.

– Monsieur, dit Grüber en se tournant vers le mari, pouvez-vous me donner la moindre explication ?

– Non, dit le Président. Je suis un piètre psychologue et n'ai jamais réussi à éclaircir les zones d'ombre de son esprit. Je l'ai rencontrée à Paris en 1952. Elle était originaire d'Europe de l'Est, et faisait ses études à la Sorbonne.

– Quel genre d'études ?

– Littérature et sociologie. Nous avons fait connaissance dans un couloir de l'université. Probablement effrayée, elle s'est précipitée dans ma direction et je l'ai reçue dans mes bras. En l'aidant à ramasser ses livres, je lui ai légèrement effleuré le dos pour la calmer, elle a poussé un cri : « Ne me touchez pas ! ». Quand je lui ai demandé son nom, elle m'a rétorqué : « Quelle importance ? ». Elle s'est essuyé le nez avec un vilain mouchoir en papier. Je l'ai invitée dans un café où elle s'est posée comme un oiseau épuisé, serrant ses livres contre elle. « Vous croyez qu'on nous observe ? » m'a-t-elle demandé. Je scrutais son visage fin, ses yeux probablement verts…

– Probablement ?

– Parfois ils devenaient gris, parfois bleus… « De quoi avez-vous eu peur ? » lui ai-je demandé. « Je n'ai pas eu peur. J'ai couru parce que j'étais oppressée à l'idée de manquer une heure de cours. » Elle était attirante parce que vulnérable.

– Vous permettez que je circule ? demanda Grüber. Il me semble que l'aménagement de cet appartement ne correspond guère au décor d'une femme élégante habituée à vivre dans le luxe.

– J'ai cessé de chercher à comprendre sa vie, fatigué par ses mystères.

– Pas de photos ? demanda Grüber, ni de parents, ni d'amis, pas même la classique photo de mariage ?

Nader semblait plus gêné qu'énervé.

– J'ai mis un an pour la persuader de m'épouser. Elle disait qu'elle n'était ni ne pourrait être la femme « idéale » que je méritais.

– Parlait-elle de sa famille ?

– Elle évitait le sujet. Elle m'a seulement dit que les siens étaient restés dans une ville d'Europe centrale. Chaque fois que je suggérais qu'on leur rende visite, elle en différait la date : « Plus tard, peut-être » !

– Où, plus précisément en Europe centrale ?

– D'abord près de Linz, ensuite aux environs de Vienne.

– Mais pour votre mariage, vous avez dû présenter des documents, un acte de naissance…

– Elle m'en a procuré un provenant de la maison communale d'une bourgade située à l'est de Vienne. Mon avocat supposait que le document était un faux, mais peu importait : « Elle est belle, tu l'aimes, ses secrets ajoutent du piment à son charme. Un ami qui me doit bien ce service va vous marier. »

– Où habitait-elle, à l'époque ?

– Chez des amis que je n'étais pas « obligé » de connaître.

– Vous n'étiez pas intrigué par tant d'interdits ?

– Ce n'étaient pas des « interdits », mais des zones obscures. Dans mon milieu, il y a des questions que l'on ne pose pas. Comme elle semblait bien connaître la société française, je n'ai pas eu honte de lui dire que ma famille était catholique ; j'ai même ajouté à voix basse, « discrètement antisémite ».

– Vous n'étiez pas mêlé au régime de Vichy ? demanda Grüber.

– J'étais trop jeune. J'ai passé la période de l'Occupation entre Paris et Limoges.

– Et elle ? demanda Grüber.

– Depuis l'âge de quatorze ans, elle vivait à Paris, chez des amis qui prenaient soin d'elle. Chez eux, comme chez les gens chic et aisés, le français était la première langue parlée.

– Sa langue maternelle ?

– Ça devait être une langue slave. Elle parlait le français avec un très léger accent..., plutôt une intonation différente qu'un réel accent.

– Tant de cachotteries ne vous ont-elles pas agacé ?

– Ses secrets me fatiguaient et m'excitaient aussi. Nous avons couché ensemble sept mois après notre première rencontre, dans mon petit appartement d'étudiant à Saint-Germain-des-Prés. Elle avait dix-huit ans, moi à peine vingt. Elle était si peu loquace, lors de la première nuit, que j'avais l'impression de tenir une poupée de chiffon dans mes bras ; elle s'est animée peu à peu, plus pour mon plaisir que pour le sien.

Grüber remarqua une aquarelle sur un mur, représentant le quartier d'une ville en hauteur, avec un pont en premier plan.

– Où est-ce ?

– C'est la ville où elle vivait enfant, celle où aurait été délivré son acte de naissance, quelque part à l'Est. Mais elle haïssait cette ville et ne voulait pas en parler.

– Elle a été bien acceptée par votre famille ?

– Ma mère était distante mais polie, s'en tenant à ce commentaire : « Les Nader ne savent pas choisir leur femme. Ils se trompent toujours. » Après notre mariage, j'ai demandé pour elle la nationalité française et il nous a bien fallu préciser un lieu de naissance qui ne soit pas un « no man's land ». On a opté pour Burgenland, près de la frontière autrichienne, dans un pays de l'ancien Empire. Après notre mariage, elle passa sa vie à approfondir une culture où seules les études comptaient.

– Quel genre d'études par exemple ?

– Géopolitique, sociologie, l'influence de l'économie sur les sociétés. Elle avait aussi une passion pour les romans « monuments » : *Crime et châtiment*, *La Montagne magique*, *La Peau* de Malaparte…

– Et vous vous satisfaisiez de cette vie-là ?

– Il était agréable de me déplacer pour mes affaires, accompagné d'une femme ravissante parlant quatre langues. Elle disait : « J'ai un accent dans toutes les langues ! » Peu à peu, j'ai renoncé à retrouver la trace de ses parents.

– Vous vous êtes contenté de vivre avec un mystère ? demanda Grüber.

– Le présent était délicieux, et son passé ne me concernait pas.

Grüber souleva une photo encadrée, cachée derrière une pile de livres, qui représentait un groupe d'enfants. Il aperçut alors un ordinateur portable.

– Elle ne l'a pas pris ?

– Non, vous voyez bien. Mais elle a appris à l'utiliser. Elle me disait qu'il lui était très utile, comme « un agenda pour le passé et pour l'avenir. »

Grüber éprouvait une sensation désagréable. Il songea à renoncer à cette mission. Le flou de ces récits l'agaçait.

– Vous ne semblez pas éprouvé par l'absence de votre femme.

– Vous avez une mauvaise impression de moi, n'est-ce pas ? dit Nader, peiné. Je vous comprends. Je n'imagine pas qu'elle soit morte, mais elle a probablement voulu sortir de sa vie actuelle comme on quitte un appartement.

– Et le contenu de sa valise ?

– D'abord, ce fut un sujet de plaisanterie entre nous, ses valises. Un jour, à l'hôtel Beverly Hills, la femme de chambre avait tout déballé. Nous avons trouvé nos affaires admirablement rangées et, alignés sur une commode, des boîtes de petits pois, des tubes de dentifrice, des biscottes… Enervé, j'ai commencé par lui faire des reproches dans le style : « Si tu emportes une épicerie avec toi, c'est ton problème, mais je ne veux pas perdre la face dans cet hôtel, pas plus qu'ailleurs. Ferme tout à clé. »

– Sauf que cette fois-ci, elle est partie sans prendre le moindre bagage ? conclut Grüber.

Nader se demandait s'il avait bien fait de contacter ce détective privé, qui semblait si peu enthousiaste à l'idée de se charger de cette affaire.

– Venez au salon, je vous propose un café ou bien un verre d'alcool. Je ne sais pas si c'est l'heure d'un whisky pour vous…

– Non, merci, dit Grüber. Je vous suis volontiers au salon, mais pas d'alcool. Un café, oui.

Nader était persuadé que le détective le prenait pour un nouveau riche capricieux.

– J'accepte la mission, finit par dire Grüber. Même si vous ne m'avez rien dit qui puisse éveiller en moi de la compassion ou de la passion pour cette femme qui est quand même votre épouse et que vous faites passer pour capricieuse, « fantasque », voire mentalement dérangée. Dans ce cas, un psychiatre serait plus approprié qu'un détective.

Toujours nerveux, Nader prit un livre dont il semblaît connaître par cœur l'emplacement, pour l'avoir sans doute consulté souvent.

– …Regardez Grüber. C'est l'Opéra de Vienne.

– Oui, et alors ?

– La seule chose dont je suis sûr, c'est qu'elle entretenait ses souvenirs autour de l'Opéra de Vienne.

– Monsieur Nader, dit Grüber en poussant un léger soupir et en refermant le livre, oui, c'est un guide artistique de Vienne, avec un signet, sans doute placé par votre femme : l'Opéra de Vienne. Ce n'est pas une piste pour autant.

– Autre chose, ajouta Nader. Dans ce même livre, il y a la carte postale d'une rue : Kleeblattgasse.

– Oui, dit Grüber. Des vieilles maisons dans une rue étroite, et alors ?

– Au centre historique de Vienne, ces immeubles datent du XVIe et XVIIe siècle. Une fois, je l'ai accompagnée et nous sommes rentrés dans une de ces maisons. Au deuxième étage, nous nous sommes arrêtés devant une porte. Elle guettait les bruits de l'appartement qui semblait inhabité. Quelque chose l'y attirait, sans que je sache quoi. Nous sommes rentrés ensuite à l'hôtel Bristol, un des plus beaux de Vienne. Elle avait l'habitude du luxe et en même temps s'en méfiait. Elle aimait tout ce qu'il y avait de mieux, mais elle avait un profond mépris pour les restaurants gastronomiques. Vous voyez, c'est bien le seul endroit où il ne faudrait pas la chercher.

Grüber leva la tête.

– Vous connaissez un psychiatre à qui vous adresser ? Il pourrait vous aider. De plus, si vous étiez plus direct avec moi, ce serait plus facile.

– Je ne peux pas l'être complètement, parce que la franchise, dans le cas de ma femme, m'obligerait à des indiscrétions sur sa vie.

– Monsieur, et si la cause de sa disparition était d'ordre psychique ? Ces histoires de conserve me laissent perplexes… ? Et puis permettez-moi une remarque délicate : vous n'avez pas dû avoir une vie très gaie aux côtés de cette femme qui, depuis l'âge de dix-huit ans, vit dans un tel mystère ?

– Non, dit Nader. Non, mais c'était une femme infiniment attirante. Elle s'était créé un univers opaque…

– De nouveau, vous parlez d'elle comme si elle était morte.

– Je ne sais pas…, dit Nader.

Il prit un grand mouchoir et s'essuya les yeux.

– Vous voyez, je la pleure. Je l'ai aimée dès la première minute. Je la pleure depuis des années. Ses faiblesses me conduisent à la protéger… Accompagnez-moi dans cette pièce.

– Mais elle n'a pas de fenêtre ?

Un simple néon au plafond éclairait une table ordinaire avec une chaise, un lavabo ancien en faïence avec une cruche à l'intérieur, et puis, sur une table basse, une cafetière électrique.

– Elle buvait beaucoup de café ?

– Franchement, dit Nader, je ne sais pas vraiment quand elle venait ici, mais elle y tenait beaucoup.

– Si vous permettez, dit Grüber, je vais m'en aller. Comme les temps sont très durs, je vais vous demander de payer mon déplacement. Le cas de votre femme me préoccupe.

– Monsieur Grüber, dit le mari pour le retenir, regardez…

Il sortit un billet d'avion de sa poche.

– Je vous ai pris un aller pour Vienne en business class sur Air France, le retour est open. J'ai fait pire…

– Quoi ?

– J'ai aussi réservé une chambre à l'hôtel Bristol en face de l'Opéra. C'est un endroit merveilleux, plein de souvenirs, où je suis souvent allé avec elle. Elle y semblait pensive mais heureuse. Chaque après-midi, elle s'absentait pour aller dans la Kärtnerstrasse qui mène vers une grande et belle place, un des endroits toujours ensoleillés de Vienne.

– Qu'est-ce qu'elle y faisait ?

– De là, elle gagnait la Kleeblattgasse et fixait le numéro 5, en me disant : « C'est cette maison, tu vois ? Si jamais il y avait un appartement libre, j'aimerais l'acheter ». À la question : « Sais-tu s'il y a un appartement de libre ? », elle n'avait pas répondu. Nous y sommes retournés, et je lui ai tendrement demandé : « Pourquoi tiens-tu à avoir un appartement dans cette vieille maison ? ». Elle était pâle, son regard, même pas triste, mais froid disait : « Il y a longtemps, longtemps... Je devais être adolescente, je n'ose prononcer le nom du pays d'où nous sommes sortis pour passer ici notre première nuit de liberté ». « Si tu avais un appartement ici, tu y viendrais quand ? » « Je ne sais pas très bien, avait-elle répondu, mais je suis sûre que si je l'avais, j'aurais enfin un chez-moi. » Ce fut un choc, continua Nader. Je lui ai tout offert en matière de luxe et d'attentions. Mais je n'ai pas compris son attirance pour cet immeuble à l'aspect décrépi.

– Est-ce qu'on peut sortir d'ici ? dit Grüber. Cette pièce me semble étouffante. Votre manière de considérer votre femme, madame Nader…, me rend mal à l'aise. Au salon, vous n'avez d'elle qu'un portrait, très parisien mais sans caractère, où elle ressemble à n'importe quelle autre femme de sa catégorie sociale en robe du soir, et puis une petite photo, là-bas, sur la table. C'est elle, n'est-ce pas ?

– Oui, c'est une photo qui date de ses seize ans. Je vous donne ce billet d'avion et vous confirme qu'une chambre vous est réservée. De grâce, ne m'abandonnez pas dans cette affaire, parce que je suis désorienté et j'ai peur…

– Et qu'est-ce que je fais, à l'hôtel Bristol ?

– Vous interrogez les gens… Je peux vous donner une photo de ma femme…

– Cette photo date d'hier ou d'il y a vingt ans ?

– Qu'importe, dit Nader. Elle était comme ça… Je vous la confie… Vous partez, ou vous ne partez pas ? J'ai commandé une limousine pour vous à Vienne, avec le chauffeur qui a l'habitude de nous conduire. On ne sait jamais. Peut-être a-t-il aperçu ma femme ?

Peut-être ma femme, si elle est là-bas, a-t-elle fait appel à lui… ? Je ne sais rien depuis cinq jours, je n'ai aucune nouvelle.

– Je m'en vais, monsieur Nader. Vous connaissez mes tarifs ?

– Bien sûr, dit Nader. C'est le cadet de mes soucis. Partez, je vous en prie.

Chapitre 2

Dans l'avion, Grüber était mécontent de lui. Il n'avait pas su résister à la tentation d'accepter ce travail payé trois mille euros pour quarante-huit heures. « Vous me donnerez vos notes de frais, hôtel, taxi, et tout le reste. Soyez tranquille, vous serez largement payé. Quelle que soit la somme, elle sera arrondie. » Il se sentait traité comme un mercenaire, et ne saisissait pas réellement l'intérêt de cette affaire.

Grüber avait une forme de mépris pour cette société d'argent, où seuls comptaient les héritages et les infidélités. Il avait décidé de liquider rapidement cette mission rentable mais pas à la hauteur de sa réputation. Arrivé à l'aéroport de Vienne, il traversa les espaces remplis de boutiques chic d'objets détaxés. « Qu'est-ce que je fous ici ? », se reprocha-t-il. À la sortie il repéra un chauffeur élégamment vêtu, casquette à la main, portant une pancarte marquée « Grüber ».

– Vous me cherchez, je crois…

– Si vous êtes *Herr* Grüber, en effet, répondit-il, distingué.

Son français correct, teinté d'accent autrichien, était plaisant.

– Oui, je suis Grüber. *Wie geht es Ihnen* ? se surprit-il à dire.

– Monsieur Nader m'a demandé d'être à votre disposition pendant votre séjour. Je me présente : je m'appelle Faber, monsieur. Il paraît que Madame a disparu une fois de plus…

– Oui, dit Grüber, si on peut appeler « disparition » quelque chose qui n'est peut-être qu'un déplacement.

Faber surenchérit :

– Je comprends que monsieur Nader soit inquiet. Madame est comme une flamme. Il suffit qu'on ouvre une porte, le courant d'air arrive et tout flambe, puis devient cendres. Elle est fragile. Mais monsieur Nader l'adore.

Grüber écoutait. D'expérience il savait que les employés ou subordonnés ne sont pas forcément solidaires les uns des autres. Faber devait être fidèle à son maître. Le détective n'osa pas prononcer la phrase qui l'aurait soulagé : « Les bonnes femmes de cette société sont capricieuses. Elles jettent le fric par les fenêtres, elle se plaignent... » Prudent, il dit :

– Je ne connais pas madame Nader. Son mari doit avoir de bonnes raisons de s'inquiéter.

– Il vous a appelé, vous, parce qu'il ne voudra jamais mêler la police à sa vie privée. Il y a déjà eu un incident de ce genre, mais, j'ai alors réussi à la retrouver à temps.

Grüber pensa que les trois mille euros allaient être facilement gagnés. Il s'enfonça dans la banquette arrière de la Mercedes équipée d'un large accoudoir, tout en appréciant le confort de son cuir noir.

– J'ai du café chaud dans un thermos, dit Faber. Monsieur et madame Nader étaient toujours ravis d'avoir un café brûlant à leur arrivée.

– Même le soir ? demanda Grüber.

– Bien sûr.

Grüber fixa la nuque parfaitement entretenue du chauffeur. La fine bordure blanche du col de la chemise dépassait, comme il convenait, de la veste noire.

– Où me conduisez-vous, *Herr* Faber ? Vous avez des instructions précises ?

– Oui. Je dois vous déposer à l'hôtel Bristol, où vous attend une chambre de luxe.

– Je n'en demandais pas tant. Je ne suis que…

– …Je sais, une relation de monsieur Nader, comme il me l'a précisé.

Grüber était satisfait de n'avoir pas prononcé le mot de trop. Son employeur ne l'avait pas présenté au chauffeur comme détective privé, juste comme une relation. Mais pourquoi cette « relation » serait-elle venue à Vienne à la recherche de madame Nader ?

– Monsieur Faber, puis-je vous poser une question confidentielle ?

– Oui, monsieur. Le secret fait aussi partie de ma profession.

– Comme je suis à la recherche de madame Nader, votre discrétion peut trouver des aménagements. Cependant, si vous ne pouvez pas répondre à des questions que vous jugeriez déplacées, mes investigations n'en seront que plus difficiles, mais je ne vous en voudrais pas.

– Monsieur Nader m'a demandé de vous recevoir pour faciliter vos recherches, donc j'y répondrai volontiers.

– Est-il possible qu'elle soit partie avec un amant ? osa Grüber.

– Je ne sais pas, monsieur, dit Faber. Les femmes me surprendront toujours : j'ai été marié pendant vingt-sept ans. À cinquante ans, j'ai été tenté par une fille jeune. Pour se venger, ma femme est partie avec le fils d'un garagiste.

– Il y avait une différence d'âge, j'imagine ?

– Oui, monsieur. Ma femme avait cinquante-deux ans et le fils du garagiste trente-deux.

– Si vous permettez que je vous pose la question, où sont-ils partis ?

– Au lac de Côme.

– Au lac de Côme ? répéta Grüber. Et ils y sont restés combien de temps ?

– Sept jours.

– Et ensuite ?

– Ensuite, quand elle est revenue, j'ai été obligé de lui pardonner, parce que « faute avouée est à moitié pardonnée ».

Grüber éprouva du mépris devant ce relent d'éducation religieuse.

– Donc vous avez encore votre épouse, maintenant ?

– Oui. Après son repentir, elle est devenue douce et soumise.

Aux abords de la cathédrale Saint-Etienne, le chauffeur l'encouragea.

– Le Bristol n'est plus très loin. Vous aimez l'opéra, monsieur ?

Grüber se redressa lorsqu'un employé du Bristol en uniforme ouvrit la portière. Faber sortit du coffre la valise usagée qu'un bagagiste prit sur un petit chariot.

– Je viens vous chercher quand vous voudrez, proposa Faber… Demain matin, nous pourrions prendre le café ensemble, *Herr* Grüber. Je répondrai à vos questions, je crois que je pourrais vous épargner beaucoup de travail inutile.

– Je veux bien, dit Grüber.

On l'avait envoyé ici où il n'aurait rien à faire. Il avait été servi pour le transport et puis, le lendemain, avec le café, il serait mis au courant des rumeurs. Sans doute, Faber lui raconterait-il des détails plus intimes en lui demandant de ne pas en parler à monsieur Nader.

À la réception, un groom, sans doute un jeune stagiaire, l'accompagna au deuxième étage et lui ouvrit la porte d'une chambre luxueuse. Il s'assit sur un lit de rêve, dont le bord était si accueillant que Grüber eut la fâcheuse envie de s'allonger, jouant avec trois ou quatre séries d'oreillers de différentes tailles, chacun plus doux que l'autre. Et que dire de la couverture, un duvet, un souffle d'ange couvert de satin, d'un satin mat, caressant, le satin le plus érotique du monde.

Grüber se redressa, furieux contre lui-même. Il se précipita dans la salle de bain où il se brossa les dents. Il revint vers le lit, s'y coucha, pour croiser le regard de l'impératrice Sissi, copie plutôt bon marché d'une oeuvre originale qui devait faire la gloire d'un musée. Grüber se demanda comment on pouvait faire l'amour sous les yeux de l'impératrice.

Chapitre 3

Il faillit s'endormir dans cette blancheur douillette. Puis, pris par la frénésie que provoque parfois le luxe sur les personnes qui y goûtent pour la première fois, il décida d'appeler la réception.

– Je suis un ami de Monsieur et Madame Nader. Ce sont eux qui ont réservé pour moi dans votre hôtel. Ils voulaient que je connaisse votre établissement si célèbre dans le monde entier… Je voudrais juste voir la suite que ce couple a l'habitude d'occuper.

– Ne quittez pas, s'il vous plaît…

Puis, deux minutes plus tard.

– Elle est située à côté de votre chambre. À gauche en entrant dans le vestibule, il y a une porte communicante.

– La suite est occupée ?

– Non.

– Je crois qu'ils sont venus il y a peu de temps.

La femme répondit :

– Vous êtes leur ami, donc je peux vous le dire…

Grüber apprit que Nader était venu ici avec sa femme en mars, reparti pour Paris, et trois semaines plus tard elle disparaissait de sa vie en laissant comme souvenir des boîtes de petits pois sur sa commode.

– Puis-je vous demander un autre service ? J'aimerais revenir un jour avec ma femme et ma fille – il s'inventait une famille pour ne pas paraître suspect. Si je pouvais jeter un coup d'œil sur cette suite, ça me ferait plaisir.

– Je vais donner l'instruction à la gouvernante, vous n'aurez qu'à l'appeler dès que vous le souhaitez.

– Je ne pourrai pas attendre son arrivée, dit-il. J'ai un rendez-vous demain matin, tôt. Pourriez-vous me donner un passe ? Comme mes amis vont m'appeler et me demander mon opinion, je voudrais leur dire : « J'ai vu votre suite. »

– Je vais vous faire porter une clé ce soir même ! Vous nous la rendrez demain matin.

L'appartement est en ordre. Il n'y a eu personne depuis Monsieur et Madame Nader. On n'est pas en pleine saison pour le Bristol et, en dehors de *La Traviata* demain, nous n'avons pas un programme très riche à l'Opéra ces temps-ci…

– Merci, madame, dit Grüber.

Dix minutes plus tard, Grüber eut la mauvaise impression d'entrer dans l'intimité de celui qui l'avait engagé et dans celle de sa femme disparue. Si on ne lui avait pas dit que depuis leur dernier séjour, il n'y avait pas eu d'autres clients dans la suite, et s'il avait pu entrer du côté couloir, il n'aurait pas eu à ce point l'impression d'être un intrus. Il porta son regard sur les rideaux de brocart et les tableaux classiques. Ici, c'est François-Joseph qui surveillait et, dans l'alcôve, un portrait de Maria Vetsera, « suicidée » sinon morte par amour.

Il se déplaça dans la pièce, puis écarta les deux pans de rideau pour regarder vers l'extérieur. Il aperçut l'Opéra et le carrefour à traverser. Sur le rebord de la cheminée, on avait laissé une carte du quartier de l'hôtel sur laquelle il vit dessinée, la Kärtnerstrasse. De petites lignes partaient en courbe, en demi-cercle. Sur le plan était mentionné à la main : « 11 heures ». Rien d'autre. Il haussa les épaules. Cette note ne le concernait pas, mais il la prit avec lui avant de regagner sa chambre.

Il s'endormit sous l'œil indifférent de l'impératrice Elisabeth avant d'être la proie de rêves violents. Au terme d'une nuit tourmentée, Grüber fit sa toilette, s'habilla et descendit au café de l'hôtel.

– Bonjour, *Herr* Grüber, le salua Faber. Êtes-vous sûr que vous ne préférez pas prendre votre café seul ? Si vous n'avez pas envie de compagnie…

– Même si c'était le cas, dit Grüber, je vous suis reconnaissant de m'aider. J'ai accepté la mission… tout en ayant l'impression que cette disparition était bidon.

Une serveuse s'était approchée d'eux.

– Un grand café noir, mademoiselle, et la corbeille avec un assortiment de vos produits… Vous allez découvrir les merveilles de la pâtisserie viennoise… Monsieur est français, dit-il en désignant Grüber. Montrez-lui comment Vienne gâte ses touristes.

Grüber dégustait son petit déjeuner.

– Je crains, dit-il, que trop d'argent crée des problèmes, que l'oisiveté conduise la personnalité à s'inventer des malheurs, et se tourmenter de peu de choses. Vous avez entendu parler de ces histoires de valises ?

– Oui, dit Faber. Oui. C'est une affaire assez pénible, ces valises. Monsieur Nader m'a dit un jour en plaisantant, qu'il leur arrivait de descendre dans un de ces hôtels où le personnel défait les bagages et range les vêtements. Au retour d'une petite promenade, ils ont retrouvé ces objets… un peu inutiles, disons, alignés sur une commode ou sur une table. Sa femme ne semblait pas du tout gênée, se contentant de dire : « On n'aurait pas dû toucher à ma valise.»

– Je trouve qu'elle a eu raison, dit Grüber, mais monsieur Nader aurait dû lui expliquer les pratiques de tels hôtels.

– Attention, dit Faber, il ne faut pas imaginer que c'était une femme paumée…

Grüber s'exclama :

– Depuis que j'entends parler d'elle, tout le monde le fait au passé comme si elle était morte ! « C'était une jolie femme », « c'était une femme intéressante ». *C'est* une femme intéressante, non ?

– Je n'en sais rien, dit Faber. Je vous dis juste ce que je pense. Je trouve encore que monsieur Nader a été extrêmement patient. J'espère pour lui qu'il a une double vie…

Grüber alla jusqu'au bout de sa pensée :

– Croyez-vous ? Ce n'est pas le genre d'homme à avoir besoin de se créer des alibis… Madame Nader serait déjà enfermée dans une maison de santé ? Son mari mettrait en scène toute une histoire pour ne pas avouer à la société l'état de son épouse, pour sauver seulement la face ?

– Je ne le crois pas, dit Faber. Monsieur Nader n'a pas besoin de mentir, et il adore sa femme…

Grüber hocha la tête.

– Il doit présumer qu'elle est à Vienne. Pour quelle raison m'a-t-il engagé, en m'envoyant ici ? C'est de la comédie. Il aurait pu demander votre aide pour cette enquête.

– Je ne crois pas que monsieur Nader veuille mêler son personnel à ses affaires privées.

– Tout cela sonne faux, dit Grüber. On ne vit pas avec une femme pendant des années en acceptant ces étranges habitudes. C'est peut-être un trouble obsessionnel compulsif, non ? Elle déballe, emballe, redéballe, réemballe, et puis après, rajoute quelques pots de petits pois comme friandises.

Faber sembla choqué.

– Je n'aime pas le ton de vos réflexions concernant monsieur Nader, qui est un homme d'une grande correction et qui entoure cette femme de beaucoup d'amour. Un jour, j'ai eu l'occasion de conduire madame Nader à une adresse qu'elle aimait fréquenter. Nous avons longé la Kärtnerstrasse ; elle m'a dit de m'arrêter à l'entrée d'une rue étroite, la Kleeblattgasse, où je ne pouvais stationner. Elle a poursuivi à pied : « Je vous appellerai, sinon je retournerai seule à l'hôtel. » J'ai garé la voiture à la première place disponible et je suis revenu. La Kleeblattgasse est en demi-cercle, et évoque parfaitement le passé historique de Vienne. En rasant les murs, j'ai pu rester quelques minutes sans être découvert. Madame Nader se tenait immobile sur le trottoir, face au numéro 5 de la Kleeblattgasse. Je me suis approché d'elle ; elle a dit, harassée, mais polie : « Vous m'avez repérée, Faber, alors rentrons. »

– Je connais l'histoire de cette maison, dit Grüber. Je connais tout cela. Les caprices de ces gens riches, c'est de vouloir acheter un appartement dans cet immeuble.

– Monsieur Nader aurait pu lui offrir ce qu'elle voulait. Mais le désir de sa femme n'a jamais été clair ni très explicite. Un jour alors qu'elle semblait en confiance, elle m'a seulement dit son envie de revoir l'appartement du deuxième étage.

– Qu'est-ce qu'il a de si particulier ?

– Je n'en ai aucune idée.

– Vous êtes sur place à Vienne et vous ne vous êtes jamais renseigné sur les locataires de ce deuxième étage ?

– Apparemment, il n'est pas habité. Vous pouvez toujours vous renseigner.

– Je perds mon temps dans cette enquête où tout le monde se ment. Je prendrai le prochain avion pour Paris, et confirmerai à monsieur Nader que cette affaire n'est pas pour moi.

– L'avantage avec vous, c'est que vous êtes nouveau dans l'affaire, dit Faber. Madame Nader ne vous connaît pas, donc, en cas de rencontre, elle ne vous fuira pas… Quand on accepte de l'argent pour un travail, avec les conditions que monsieur Nader vous assure sans doute, il faut être plus conciliant. Vous ne manifestez aucune curiosité, ni tolérance !

– Sans doute, vous avez raison, dit Grüber en rêvant de Paris et d'adultères – sinon d'escroqueries – à dépister.

Chapitre 4

Grüber avait signé sa note. Les deux hommes sortirent de l'hôtel.

– Elle vous coupe le souffle, cette ville, n'est-ce pas ? demanda Faber.

En effet, les premiers rayons de soleil doraient les coupoles, les toits, la flèche de la cathédrale, ici et là un angle de rue.

– Si je vous laissais seul ? dit Faber. Vous aurez peut-être plus d'inspiration. Et j'ai un rendez-vous chez le dentiste. Votre visite n'était pas prévue. À votre place, j'irais vers la Kleeblattgasse.

– Comme nous sommes là tous les deux en service commandé, dit Grüber, irrité, vous êtes le chauffeur au courant de tout, et moi le détective privé…

Faber se mit à sourire.

– Je l'aurais juré ! Mais si le détective en question est privé, il est aussi le plus maladroit de tous ! Où monsieur Nader vous a-t-il trouvé ? Son plus gros problème, c'est sa manière de déléguer. Que quelqu'un d'autre fasse le sale boulot ! Folie, adultère ou juste un caprice, qu'importe, ce n'est pas lui qui mène l'enquête. Il paie pour le résultat, quel qu'en soit le prix. J'espère que vous êtes cher ! Je vous assure que si un jour son mari la trompait, ce serait avec une petite brune, une danseuse espagnole tapant des talons, claquant des mains, qui bouge et qui rit, et pas avec une personne aussi transparente et aussi mystérieuse. Il l'a épousée par amour, mais sans trop réfléchir. Finalement on ne devrait s'unir qu'à quelqu'un de la même culture.

– Quelle est la « culture » de madame Nader ?

– Je ne sais pas, dit Faber, mais elle a passé son enfance ailleurs qu'en France. Et ça se sent.

– Pourquoi monsieur Nader, qui est si riche… d'ailleurs, pourquoi est-il riche ?

– Industriel : soie et sucre. Issu d'une grande famille du Nord, avec de grands moyens. Quant aux origines de madame Nader ? A-t-elle perdu ses parents lors d'un bombardement ? Pas de père, ni de sœurs, comme si elle avait poussé dans le désert, dans un désert de ruines. Seule une fois, elle a évoqué un petit palais à Vienne. « Il y avait des tableaux », a-t-elle murmuré à l'oreille de son mari. Et puis la guerre est passée par là… Vous avez dû voir *Le Troisième Homme*. Orson Welles était à l'époque jeune et mince… Moi, j'ai vu l'authentique horreur. L'être humain n'est pas de taille pour assumer le poids de l'histoire. Il se met à mentir, à s'attribuer des honneurs, des faits de guerre. Tous des héros. Les générations d'« après-guerre », sont souvent des « cannibales » qui essaient de piétiner et d'anéantir les survivants.

Grüber mit les mains sur ses oreilles.

– Assez ! Plus d'histoires de guerre ! Je ne veux plus rencontrer de gens qui ont souffert, qui n'ont rien eu à manger, qui ont eu froid. J'en ai marre ! Imaginez. Moi, j'ai près de cinquante ans. Dès que j'évoque quoi que soit, une ville en Europe, avec des gens d'un certain âge, l'Histoire déferle avec ses images d'horreur. Je ne veux plus être la victime des éboulements de l'Histoire. À un moment donné, il faut que le drame cesse.

– Prenez votre temps, vous êtes payé et bien payé. Allez voir cet immeuble dont les fenêtres sont toujours fermées, d'où nous n'avons jamais vu sortir ni entrer personne. Sur l'interphone, les noms sont remplacés par des codes, il n'y a pas de concierge.

Faber parti, il se trouva soudain seul dans une rue animée de Vienne. Le soleil était un soleil de l'Est, d'un jaune pâle tirant sur le gris. Il sentit sa chaleur sur son visage. Qu'il était agréable d'être dans une ville où les gens parlaient une langue qu'il comprenait à peine. Autour de lui, tout était beau. Même le bavardage musical de cette langue étrangère. Un orgue de Barbarie se fit entendre tout près. Grüber hocha la tête. « Il faudrait interdire ça. C'est pire que la pornographie. Je déteste les orgues de Barbarie ».

Il marchait dans la Kärtnerstrasse, regardait les femmes. Elles étaient plutôt jolies. On voyait déjà ici le mélange des populations. Une ravissante Asiatique avançait d'un pas rapide, plus loin, une grande femme très blonde – était-elle viennoise ou norvégienne ou danoise, « robuste comme étaient les nageuses allemandes », pensa Grüber. Il se mit à sourire. Il arriva à la Kleeblattgasse et se dit que c'était la première fois qu'il allait essayer de comprendre la complexité d'un cerveau affecté.

Il repéra le n° 5, s'adossa à un immeuble sur le trottoir d'en face et attendit. Il était prêt à accoster la première personne qui apparaîtrait lorsque la porte s'ouvrit.

Une femme sortit en reculant avec un vélo. Elle était mince, élégante dans un tailleur-pantalon gris clair, se retourna et poussa un petit soupir en apercevant Grüber.

Elle hésita. Fallait-il fuir, ne rien dire, faire semblant de n'avoir pas vu cet homme sur le trottoir d'en face ? Elle traversa et s'adressa à lui :

– Est-ce que par hasard vous me cherchez ? Je suis madame Nader. Ne me dites pas que mon mari est inquiet ! Il doit bien supposer où je suis. Il aurait pu venir. Il connaît depuis vingt ans la raison de mon attachement à Vienne. Il ne m'a jamais prise au sérieux. Je crois qu'il n'écoutait même pas…

– Bonjour, madame. En effet, j'ai été engagé par votre mari. Il m'a dit que vous aviez disparu. Il m'a envoyé en mission ici… Réellement, il était inquiet à cause de votre absence prolongée…

– Disparu ! fit-elle en haussant les épaules. Il sait que chaque automne, je viens ici. Ce qu'il ne sait pas, c'est que la situation a changé, et qu'au bout de huit ans de lutte, j'ai enfin obtenu ce que je voulais.

Le détective prit son téléphone portable et le lui tendit.

– Tenez, appelez votre mari. Il sera sans doute très content de vous entendre… Pourquoi m'a-t-il raconté cette histoire de disparition ? Pourquoi m'a-t-il engagé ? Pourquoi m'a-t-il envoyé à ce rendez-vous ?

– Parce qu'il ne voulait pas venir, lui. C'est son problème. C'est Faber qui vous a dit que je devais être là, n'est-ce pas ?

– Oui… Est-ce que je peux vous demander de prendre un café avec moi ? Ainsi me feriez-vous la grâce de me dire dans quelle spirale j'ai été entraîné, ce que je fais là…

– Je voulais faire du vélo, dit-elle. Je voulais aller jusqu'au Prater, par la piste cyclable…

Elle avait un charme extraordinaire. Il était impossible de deviner son âge. Pas une ride, légèrement maquillée. Coiffée à la mode avec une coupe irrégulière, mais les mèches savamment placées. Un sac en bandoulière.

– Je veux bien renoncer à mon vélo, dit-elle, mais il faut le ranger dans l'immeuble. Venez, aidez-moi…

Elle composa le code qui permettait d'ouvrir la lourde porte. Soudain, Grüber se trouva dans une cage d'escalier d'époque avec des marches usées sur les bords, une vieille rampe.

– J'habite au deuxième étage, dit-elle. Au lieu de prendre un café dehors, je vous en propose un chez moi.

– On pourrait même appeler monsieur Nader…

– Si vous voulez, dit-elle. Mais, en tout cas, lui et moi allons nous séparer. Il m'a supportée longtemps. Vraiment tolérant. Mais on n'en peut plus. Je vais le libérer.

– Il se préoccupe de ce que vous faites de vos bagages. Il croit que vous êtes atteinte de trouble mental, et que vous ne pouvez pas faire une valise sans mettre n'importe quoi dedans.

– C'est vrai, dit-elle avec un petit sourire. J'ai appris d'un psychiatre que j'ai ce qu'on appelle le syndrome de l'« entassement compulsif ». L'espace intérieur d'une valise devient comme un canot de sauvetage. Quand je vais chercher des boîtes de conserve, des tubes de pâte dentifrice, une paire de chaussures ou un pull supplémentaires, je suis dirigée, poussée par d'anciennes peurs. Je vous assure, il me faudrait des menottes pour m'empêcher d'accumuler ce que je considère comme indispensable. Quand la valise est ouverte dans tel ou tel hôtel, je suis la risée du personnel : la Française folle…, mais le besoin est compulsif… Là, venez, essayez de placer le vélo dans cette petite réserve… Oui, là. J'ai à peine le droit de le faire, mais on ne m'a pas encore rappelée à l'ordre. Je suis toute nouvelle dans l'immeuble.

– Parce que vous habitez ici, maintenant ?

– Bien sûr, dit-elle. J'ai déjà passé ici quatre nuits…

– Vous avez loué une chambre ?

– Non. J'ai acheté l'appartement. Je suis enfin chez moi.

Chapitre 5

– Ça va ? Venez. Soyez courageux. Comme vous êtes arrivé jusqu'à cette maison, que vous soyez payé ou non par mon mari, j'ai envie de satisfaire votre curiosité. Vous semblez être un interlocuteur compréhensif.

– Je me sens indiscret, et je ne sais pas à quel jeu vous jouez, dit Grüber, s'arrêtant sur une marche lisse et au bord arrondi.

Elle l'attendit et prononça en souriant :

– Vous êtes agréable… mais méfiant ?

Grüber détestait le mot. Lui, « méfiant » ?

– Ce n'est pas l'expression que j'emploierais. Je ne me sens pas à ma place ! Je me sens mal dans le rôle qu'on m'a attribué, et votre amabilité me désoriente. J'entre dans votre vie…

– Vous y entrez parce que je l'accepte, dit-elle. Vous serez le premier visiteur de cet appartement que je viens d'acheter. Je le voulais depuis de longues années : je le considérais comme un espace unique. Pour moi…

Au deuxième étage, elle ouvrit la lourde porte, à la serrure ancienne, et à la poignée sculptée.

Grüber entra dans le vestibule qui conduisait à une grande pièce. Les fenêtres ne donnaient que sur des façades et un horizon de pierres. La pièce était meublée de plusieurs lits de camp et d'une table entourée de trois chaises, le tout éclairé par une simple ampoule au plafond.

– Je viens de reconstituer un ancien décor… Venez, continuons jusqu'à la cuisine… Voilà, je me suis accordé une cafetière électrique…

Elle désigna un robinet rouillé au-dessus d'une cuvette en faïence ébréchée.

– J'ai l'eau courante. Je vais vous faire un excellent café… Par là, c'est la salle de bain. Regardez cet objet étonnant.

La baignoire était en tôle, peinte maladroitement à l'extérieur en vert, à l'intérieur d'un blanc sale.

– Je vous suis reconnaissant de ne pas m'avoir envoyé au diable, mais je ne sais pas quel rôle vous me faites jouer. Votre mari est au courant de tout cela ?

– Non, pas d'une manière aussi précise.

– Je serai donc payé pour lui raconter votre acquisition ?

– Je ne sais pas très bien pourquoi il vous a engagé. Par Faber, il aurait pu me retrouver facilement. Mon téléphone portable est fermé, sur lequel il a tenté de m'appeler une dizaine de fois. Je vais sans doute le contacter et lui proposer le divorce. Il en rêve, j'en suis sûre, mais il n'aurait pas osé en parler. On ne quitte pas facilement une femme psychiquement perturbée. Or je ne le suis pas du tout. Je le culpabilise. Venez au salon, la pièce où il y a les lits de camp et les chaises. Depuis que vous attendez ce café ! Et vous saurez enfin pourquoi je suis là.

Grüber la regardait avec inquiétude. Une atmosphère irréelle le plongeait dans l'angoisse. Il lui arrivait d'annoncer à ses employeurs dès le troisième jour d'une enquête : « Je ne peux pas m'en occuper. Ce qui se passe ici n'entre dans aucune logique. En tout cas, pas dans la mienne. »

– Pourquoi lui avoir fait croire à une fuite ?

– Fuite ? Non. Abandon définitif.

– J'ai cru qu'il s'agissait d'un homme amoureux, seulement préoccupé par les sautes d'humeur de sa femme, et je tombe dans une crise conjugale.

Il ne savait toujours pas ce qu'il devait faire. Madame Nader semblait calme mais il ne fallait pas l'agacer, ni l'énerver. Grüber pensa à appeler son mari : « Monsieur, c'était un jeu de la part de votre femme… et je n'ai aucune envie d'approfondir l'affaire. Je me trouve pour le moment dans la maison de la Kleeblattgasse… Vous auriez pu m'en parler… Bref. Votre femme est apparemment en bonne santé. Le reste, c'est votre affaire ».

Madame Nader revint et déposa deux tasses de café – du café avec un peu d'écume –, un sucrier et le classique verre d'eau. « Les Autrichiens servent toujours le café avec un verre d'eau ». L'angoisse le reprenait.

– Vous aimeriez fumer, monsieur Grüber ? Surtout, ne vous gênez pas. Rien ne me dérange.

– Merci, fit-il, étonné.

Elle continua :

– Il ne vous a pas affolé avec mes histoires de valises ?

– Affolé, non. J'ai vu des boîtes de conserve sur la commode de votre chambre à Paris…

Elle changea alors de ton.

– Vous m'avez prise pour une malade mentale. C'est un peu vrai pour ce qui concerne mes valises. Mais ne trouvez-vous pas qu'il est moins grave de bourrer une valise d'aliments que d'être cocaïnomane ?

Grüber la considérait calmement. Elle avait un regard clair qui ne manifestait aucun trouble.

– On a assez joué, monsieur Grüber. J'ai un lourd passé que je passe mon temps à cacher. Parfois j'ai l'impression que je suis un poisson, et que quelqu'un tape sur la paroi de l'aquarium pour voir comment je réagis.

– Faut-il que je sois au courant ? demanda-t-il, sur la défensive. Je crains que vous ne vous moquiez de moi. Il y a sans doute peu de malades mentaux capables d'organiser à ce point leurs problèmes, pour ensuite les exposer au premier visiteur venu.

– Vous n'êtes pas un « visiteur ». Vous êtes payé pour m'écouter. Ensuite, il vous reviendra de rapporter tout cela à mon mari.

– Il est très intrigué par votre obsession de remplir vos valises n'importe comment, à partir d'objets hétéroclites.

– Souvent, ces objets sont en double, voire en triple. Si j'ai déjà mis un pull noir et un pull rouge, le lendemain je glisse encore un pull vert et un pull blanc et, juste avant de fermer la valise, ou quand elle est déjà fermée, j'utilise la poche extérieure et j'y ajoute une écharpe chaude… Monsieur Grüber, je n'ai jamais avoué à la famille française qui m'a accueillie et qui m'a beaucoup aimée au début, ma véritable identité, ni mes vraies souffrances. Je me suis retrouvée dans cette société comme une grande blessée de guerre. La maladie des valises ? J'en ai parlé avec un psychiatre autrichien qui cherchait à connaître mes origines. Il savait seulement que je venais d'un de ces pays qui entourent l'Autriche…

– La Roumanie ?

– Non, non…

– La Tchécoslovaquie ?

– Supposons. Ça se pourrait.

– La Hongrie ?

– Peut-être.

– Donc ça doit être ça, dit Grüber.

– Oui. Le contexte était atroce. D'abord les Allemands : l'occupation et le désir de gagner leur sale guerre à Budapest. Mon père avait donné des consignes : « Que chacun de vous fasse une valise, petite, pas lourde. L'enfant doit avoir la sienne. » L'enfant, c'était moi.

Ma mère était juive, cachée sous les armoiries de mon père membre de la plus authentique aristocratie. « Mets dans ta valise le strict nécessaire ». C'était quoi, le strict nécessaire pour une gosse ? Un jouet, deux jouets ? Un livre en français déjà ? « Non, avait dit mon père. De la nourriture, une paire de chaussures et de grosses chaussettes. Ce sera une valise de survie ». « Et maman ? » avais-je dit. « Maman va faire également sa valise, un peu plus grande, et moi aussi ». « Pourquoi, papa ? » « Parce qu'à n'importe quel moment on peut venir nous arrêter et nous conduire à un endroit où il n'y a rien à manger et où il fait froid. »

Nous avons survécu au siège de la ville. Nous avons ensuite gagné la banlieue de Budapest pour quelques jours. Il nous a fallu trouver un abri dans une de nos anciennes maisons, où les autorités nous ont oubliés. L'autre obsession, c'était le train à prendre pour arriver jusqu'à la frontière autrichienne, avec tout ce qu'allaient représenter des trains menant vers la mort, vers les camps de concentration. Si on déportait maman, je serais dans le lot. Fallait-il une valise ou deux ? Je grandissais dans l'ombre pesante de la mort, de celle de ma mère ou de mon père. Belle enfance, n'est-ce pas, monsieur Grüber ?

– Tout cela ne devrait plus vous concerner, dit-il, avec l'impression d'être toujours au bord d'un précipice.

Pour quelle raison inexplicable se sentait-il en profonde affinité avec cette femme ?

– Un jour, continua-t-elle, toujours à Budapest, plus tard, sous le régime soviétique, devant une prison, ma mère avait accompagné une de ses amies à qui on venait de remettre une valise en carton. Elle contenait des vêtements en loques qui sentaient mauvais, collés par le sang séché de la torture. C'est tout ce qui restait du mari de cette femme. Un mois plus tard, mon père est revenu dans la nuit pour dire aussitôt : « Il faut partir très vite. Faites votre valise. Mettez-y des vêtements chauds et de la nourriture. On n'a droit qu'à deux valises : celle de ta mère et la tienne. Moi, je ne peux emporter que ce que j'ai sur moi. On va venir nous arrêter ». Cette nuit-là, nous sommes partis vers une des gares de Budapest. Il fallait prendre un train de marchandises, descendre jusqu'au sud du pays, y traverser le seul pont qui restait sur le Danube, et remonter au hasard du trafic ferroviaire pour atteindre la frontière autrichienne. Ce voyage a duré huit jours dans un wagon à bestiaux. Nous étions les « bestiaux » dormant sur de la paille. Avec nos valises. Heureusement, ma mère avait pris trois boîtes de petits pois que nous nous sommes partagés. À chaque étape, on allait boire un peu d'eau, uriner, apercevoir des êtres humains qui nous prenaient pour des fantômes. Ce train-là, et le bruit de ses roues, je les entends encore : cat-cat, cat-cat… jusqu'au déchirant vacarme des freins…

Arrivés du côté occidental de la Hongrie, nous avons continué à pied vers l'Autriche. Papa portait la valise avec les maigres affaires de maman, et moi je traînais « la valise de la petite ». À mesure que nous approchions de la frontière qui séparait l'Autriche de la Hongrie, la tension de mes parents augmentait. Nous avons fait étape dans un petit village. J'ai pu déballer ce qui restait de ma petite valise. On devait se laver dans une cuvette, sans savon. Mon père est parti acheter ce qu'il pouvait à l'épicerie du coin : des boîtes de conserve plus ou moins périmées, nous précisant : « Le prochain bagage que vous allez faire sera le dernier. Je connais l'endroit où nous avons rendez-vous avec le passeur. Nous n'avons plus droit qu'à une seule valise : celle de la petite. » Je regardais ma valise, fatiguée de tant de voyages. Elle avait tant servi…

À la fin de ce récit, madame Nader était pâle, et n'osait toucher à sa tasse de café, de peur de trahir les tremblements de sa main.

– Les années ont passé et sont bien du passé, ajouta Grüber.

Elle se mit à sourire.

– Vous voulez dire que tant d'années passées auraient dû atténuer ce que j'ai vécu, n'est-ce pas ? Les blessures mentales sont mystérieuses, comme la frontière entre le vécu et l'imaginaire. Une nuit, mon père a éprouvé le besoin de marcher vers la gare, vide, sombre et sinistre. Il s'est mis entre les rails. De ses grands bras, il a montré deux directions : « Regarde, d'un côté, c'est l'Est et la mort certaine, de l'autre, c'est l'Ouest, la liberté, la vie. »

– Que s'est-il passé lors de la rencontre avec le passeur ?

– Il nous a trahis. Il a pris les bijoux de maman et nous a envoyés au diable. Nous avons été obligés de quitter l'auberge et de nous réfugier dans une maison près du lac. Puis on est reparti.

– Cette fois-ci, vous avez réussi, dit Grüber.

– Oui. Et nous sommes arrivés à pied dans une petite gare, puis à Vienne où nous avons été logés par une organisation, à la Kleeblattgasse. Ici même.

D'un geste, elle balaya l'espace.

Chapitre 6

Elle était pâle.

– Madame, dit Grüber, vous allez vous trouver mal…

– Pas du tout. Je me décharge d'un fardeau.

– Avez-vous raconté tout cela à monsieur Nader ?

– Non. C'était pratiquement impossible. Son milieu était trop éloigné du mien, milieu aisé, aimable et protecteur mais ménageant les apparences, trop habitué à se couvrir… J'aurais dérangé cet ordre convenu. Il ne fallait pas être juif, même à moitié. Il fallait être né quelque part, et j'étais condamnée à être étrangère, y compris à moi-même, née nulle part. Parfois j'étais la vraie poupée parmi celles qu'on m'offrait, avec lesquelles je jouais seule sur les tapis d'Orient. Mon enfance n'a été que peur et angoisse malgré les efforts de mes parents pour me protéger.

– Comment pourriez-vous vous guérir du passé ? demanda Grüber.

– Je m'entraîne. Je prends les trains les plus paumés où je suis seule dans la nuit pour affronter la lune, et pour oublier le moment du « passage » ! Mon visage se souvient encore du contact de l'herbe mouillée sous les barbelés… Mes yeux scrutent encore cette nuit sans lune, à la frontière. Le passeur avait espéré une obscurité sans lune, pour pouvoir traverser à découvert la zone où il n'y avait que de l'herbe. « De l'autre côté, il y a une petite forêt. » Cette « petite forêt » était un mot magique, pour la petite fille équipée de sa petite valise ! « C'était pourtant un beau pays », avait dit mon père, parlant de ce territoire où le destin m'avait déposée par erreur.

– Madame Nader, vous vous faites souffrir.

– Pas du tout, monsieur Grüber. Pas du tout. Ma nouvelle famille française m'a connue quand j'avais dix-huit ans. Je parlais déjà un français parfait, malgré mes origines. J'avais de la culture, de l'élégance ; j'étais mince et j'étais amoureuse de cet homme. J'étais juste un peu effrayée par son entourage…

– Pourquoi ne pas lui avoir parlé ?

– Parce que je n’avais pas à le charger du poids de la moitié de l’Europe. Je ne voulais pas que l’on dise que je ressassais toujours de vieilles histoires. Ma psychose a commencé au moment où j’ai compris que j’étais condamnée au silence. Ma meilleure amie était une comtesse française qui secouait souvent sa main droite pour agiter les breloques de ses poignets. Elle était superficielle, élégante et riche. Elle m’a dit un jour : « Mon chou, heureusement que tu es complètement francisée. Maintenant, il faut juste que tu t’accommodes de la vie luxueuse de ton homme ». « Il me protège ». « Te protège de quoi ? »

Je me suis alors demandée de quoi j’étais protégée, maintenant que je n’avais plus ni mère, ni père. Je n’avais que mon mari ! L’incident que je vais vous raconter m’a confirmé qu’il ne pouvait pas me comprendre. On était dans le Train bleu, à destination de la côte d’Azur. Angoissée, je lui demandais : « J’aimerais lire ». « Mais tu ne vas pas lire maintenant ! Tu dois dormir ». « Le livre est dans ma valise »… À la recherche du livre, il a ouvert la valise luxueuse que j’avais moi-même rangée. « Tu as fait un truc curieux.

Pardonne-moi de te le dire, mais quel désordre dans ta valise ! Tout est jeté pêle-mêle. Pourquoi as-tu pris deux pull-overs si gros ? On est au mois de juin et on va vers le soleil… Eh, la coquine ! Tu as même ajouté deux boîtes de sardines et des petits chocolats et… une boîte de Vache qui rit ! Tu plaisantes, mon amour ? »

« Non, ai-je dit. C'est juste une erreur. Ne tiens pas compte de ça, oublie ma valise, s'il te plaît ». J'ai compris peu à peu que j'allais devoir cohabiter avec cette obsession. Dès qu'il me parlait de voyage, la composition de la valise me perturbait. Il a essayé de les faire préparer par la femme de chambre. J'ai toujours réussi à passer derrière elle et à y rajouter des objets pour lui inutiles, et pour moi infiniment importants.

– Je peux vous demander une autre tasse de café ?

– Bien sûr, dit-elle en s'arrachant de son histoire. Bien sûr. Accompagnez-moi à la cuisine.

– Madame Nader, je ne peux pas plus me substituer à un psychiatre qu'à un mari. Qu'allez-vous faire vous-même pour en sortir ?

– Il y a cinq mois, ou cinq ans, ou… quinze ans, peut-être, je suis revenue à Vienne. Je voulais être seule vingt-quatre heures avant que mon mari ne me rejoigne. J'ai réussi à retrouver la rue où nous avions passé notre première nuit de réfugiés, notre première nuit de liberté dans cette maison alors délabrée.

Chapitre 7

– Madame Nader, merci pour votre café. Mais si vous pouviez vous apaiser…

– Bien sûr…, si vous saviez comme je suis heureuse d'avoir réussi à prendre cette décision.

Grüber leva la main droite, comme s'il demandait la permission de parler.

– Pourquoi n'avez-vous pas simplement dit, à l'homme qui vous aime : « J'ai un passé historique douloureux. J'ai trop souvent entendu que je devais préparer une dernière valise, et qu'à l'endroit où l'on allait nous envoyer, il n'y avait plus rien » ? Il aurait été capable de vous comprendre.

– Quand je l'ai fait, il m'a répondu : « Ma pauvre chérie, je supposais bien qu'il y avait un problème de ce genre, mais sache que cette époque est révolue. Tu as échappé à la tragédie, et tu es maintenant une femme choyée… Maintenant que tu m'en as parlé, je commence à saisir les origines de tes troubles, mais il faut être raisonnable, ma chérie… » Chaque fois, je me disais : « C'est fini, ma fille, cette histoire ne te concerne plus. Tu étais une enfant à l'époque, maintenant tu es une adulte. Débarrasse-toi de l'Histoire. » Mais monsieur Grüber, il m'arrive de rechuter ! finit-elle par ajouter après un court silence.

Il découvrit une boîte de biscuits à côté de la machine à café.

– Des biscuits, je peux en prendre ?

– Oh, dit-elle, je suis navrée ! Vous n'avez certainement pas déjeuné, et je vous parle, et je vous parle…

Il faillit dire qu'il était payé pour l'écouter, mais à la fois le bon sens, la conscience professionnelle et comme une sorte de pudeur le retinrent.

– Non, le déjeuner n'a pas d'intérêt. Mais que voulez-vous que je dise à monsieur Nader dès que je serai rentré à Paris ?

– Ne repartez pas, ce serait trop dommage ! Vous êtes le premier enfin à m'écouter, et avec qui je peux échanger. C'est fabuleux, monsieur Grüber, parlez-moi aussi de vous. Êtes-vous marié ? Avez-vous des maîtresses ?

Avez-vous des enfants ? Êtes-vous de droite, de gauche ? Pourquoi nous entendons-nous si bien ?

Grüber fut d'abord surpris qu'on ne le prenne plus seulement pour un détective ordinaire. On ne le considérait plus comme une sous-créature de la société de consommation. On le prenait pour quelqu'un capable d'écouter, susceptible de la comprendre, et dont l'avis pouvait être pris en considération.

– Vous n'êtes donc pas marié ? répéta madame Nader. Bel homme comme vous êtes… !

Bel homme ? Jamais aucune femme ne lui avait parlé comme ça. Il regarda de plus près madame Nader et se permit :

– Je peux vous retourner le compliment. Vous êtes une belle femme !

– Monsieur Grüber, il est dommage que vous soyez si jeune.

– Si jeune ? s'exclama-t-il, j'ai quarante-neuf ans.

– Quelle extraordinaire jeunesse ! Quelle différence aussi entre nous !

Pourquoi parlait-elle de différence d'âge ? Pourquoi distinguait-elle subitement la femme de l'homme ? Comment avait-elle réussi à créer cette surprenante et fugitive intimité, à faire partager soudain le bonheur, même fugace, d'exister.

– Qu'est-ce que je peux dire à monsieur Nader, dans mon rapport ?

Elle se mit à chuchoter.

– Que j'ai acheté l'appartement du deuxième étage de la Kleeblattgasse, l'endroit où mon père, ma mère et moi avons passé notre première nuit de liberté. « Votre femme y a trouvé sa terre natale. Elle a acheté sa terre natale. Elle va s'employer enfin à vous rendre heureux, et à se rendre heureuse elle-même. »

– Comment ? dit Grüber. Comment je peux lui dire ça ?

– Vous allez lui expliquer que je ne serai plus une âme errante, que je ne mettrai plus de boîtes de petits pois dans ma valise, parce que je n'ai plus besoin de fuir. Ici, personne ne me dira de faire une dernière valise. Et puis, quand on me demandera : « Madame, où êtes-vous née ? », je pourrai répondre : « Je suis née à Vienne, Kleeblattgasse 5, au deuxième étage. Sur cent cinq mètres carrés de terre natale. »

– Est-ce que je peux vous poser une question ?

– Tout ce que vous voulez, dit-elle. Vous êtes la première personne à qui j'ose parler. Je vous écoute.

– Vous avez laissé des boîtes de conserve sur la commode de votre hôtel particulier à Paris. Pourquoi ne les avez-vous pas emballées ? Pourquoi êtes-vous partie sans valise ?

– Parce que je venais d'avoir une conversation avec le notaire que je manipule et que je presse depuis six ans. Pour huit cent mille euros, j'avais cet appartement, prix de ma terre natale. Je n'achèterai plus une seule boîte de conserve de ma vie. J'achèterai des légumes sur les superbes marchés de Vienne.

– Pourquoi les quatre lits de camp ?

– En hommage à mes parents et aux deux autres réfugiés qui se trouvaient dans cette pièce. Avec ce décor, j'élève pour l'instant un monument à leur mémoire. Cette pièce deviendra bientôt un salon viennois, un peu baroque avec des meubles… peints, oui ! Ce sera le cadre du bonheur retrouvé, dans cet immeuble datant de 1576, redevenu « chez moi », où je mourrai à l'endroit où je suis née. Nous étions des *niemand*, dit-elle, c'est à dire « personne » pour tous ceux qui nous entouraient. Maintenant, je ne suis plus une *niemand*. J'ai un nom français, j'existe. Mais surtout, j'ai ma terre natale avec un acte de propriété.

– Votre mari a été assez généreux pour mettre à votre disposition sur votre compte huit cent mille euros ?

– Non, dit-elle. Il paie toutes mes notes, il paie tout, il est adorable. Mais non.

– Comment avez-vous alors obtenu cet argent ?

– J'ai hérité d'une tante américaine. C'est grâce à cette personne dont j'ignorais jusqu'à l'existence, que j'ai racheté ma « terre natale »… Quand j'aurai mon salon baroque avec un lit, un *Heavenly Bed*, comme au Bristol, je pourrai dire à mon mari : « Enfin ta femme a retrouvé ses racines. Je t'invite chez moi. » Monsieur Grüber, ajouta-t-elle en tendant une main fine et élégante vers le détective privé, comment vous remercier de m'avoir écoutée ? Une question : n'avez-vous pas, vous aussi, des origines étrangères ?

– C'est le nom de « Grüber » qui vous fait dire ça ?

– Peut-être, dit-elle. Grüber, ce n'est ni Dupont, ni Durand, ni Martin.

– En effet. Je n'ai pas non plus eu un passé confortable. Même si je suis né après les drames, les vagues de l'Histoire vous font échouer ici et là. C'est ce qu'on vous raconte… D'ailleurs, l'arrivée de mes parents à Strasbourg est un hasard.

– S'il vous plaît, dit madame Nader, est-ce que je peux vous demander quelque chose de très important ?

– Oui.

– Si, à un moment dans votre vie, il vous arrive de vous sentir aussi malheureux que j'ai été malheureuse, voici mon numéro de portable que je vais maintenant laisser ouvert, pour vous.

– Pour que vous me racontiez une autre histoire ?

– Non. Pour vous dire que vous me plaisez infiniment. Hélas, c'est trop tard, mais quel bonheur d'entendre parler comme ça de la vie… qui n'est pas encore finie, n'est-ce pas, monsieur Grüber ?

Chapitre 8

Grüber n'était pas sorti depuis plus de deux minutes, elle le rappela dans la rue :

– Est-ce que vous pouvez revenir ? Même à vous, j'ai continué à mentir, et j'en souffre.

– Mais vous ne me devez rien, madame, même pas une confession, pas plus une demi-vérité qu'une vérité entière. J'ai été très honoré de vous connaître…

– Entrez, entrez, dit-elle. Et soyez moins solennel… Vous avez dit sur le ton de la plaisanterie que vous étiez amoureux de moi. J'imagine que c'est comme d'être amoureux du portrait d'une ancêtre, exposé dans un grand salon. Les gens passent devant, gênés, parce qu'ils ont l'impression qu'elle les regarde…

– Pas du tout, fit Grüber. Je suis là…

– Venez à la cuisine. Pour le moment, c'est l'endroit le plus accueillant.

Grüber la suivit. Elle se pencha vers lui.

– J'ai décidé de donner à mon mari une occasion superbe de divorcer. Il faut le libérer de moi pour me libérer enfin, et lui rendre tout ce qu'il m'a donné. Je n'ai pas besoin d'autres ressources. Il pourra recommencer sa vie avec une femme jeune, avoir des enfants… Une femme moins compliquée que moi.

– Comment allez-vous vous débarrasser subitement de votre mari ?

– J'ai la preuve de nombreuses infidélités. Il fréquente des filles qui voyagent avec des grands sacs élégants où il n'y a souvent rien d'autre qu'un passeport, d'immenses lunettes de soleil, des cartes de crédit et des préservatifs. Ces sacs-là n'ont rien à voir avec mes valises !

Devinant sa pensée, elle poursuivit :

– Je ne suis pas une jalouse maladive. Je veux divorcer pour cause d'adultère et pour ne plus avoir de soucis si je veux vivre à Vienne, si je veux aller à Schwarzwald pour faire une cure, ou juste marcher dans la forêt… librement. Je ne veux pas de problèmes matériels. Trouvez-moi un bon avocat pour que je sache aussi comment je peux léguer cet appartement à des réfugiés. Issus d'autres pays, il y aura toujours des réfugiés.

– Ça veut dire quoi exactement ?

– Pouvoir le léguer à ceux qui passent les frontières clandestinement.

– C'est fini, dit Grüber. C'est l'Europe, et il n'y a plus de réfugiés.

Elle le regarda.

– Vous êtes sûr qu'il n'y a pas encore dans quelque coin de rue, quelqu'un qui ait besoin d'un toit ?

Grüber sentait qu'il fallait arracher cette femme à son ancien univers :

– Est-ce que je peux me permettre de vous inviter à prendre un thé ou un café à l'extérieur, au Prater par exemple ? Vous êtes confinée dans cet appartement.

– Si vous m'invitez à prendre un café à l'extérieur, même à l'hôtel Bristol…

– Est-ce que vous me donneriez la permission de vous secouer un peu pour vous sortir de votre passé ?

– Oui, dit-elle. Comme vous n'êtes ni psychiatre, ni avocat, ni même mon mari, votre proposition ne peut être que loyale, et avec vous je suis en sécurité.

– D'accord, dit-il. Alors, si vous voulez vous préparer, on quitte tout de suite cet appartement.

Chapitre 9

Hésitante, au moment de partir, elle se ravisa, revint dans la pièce principale, occupée par les lits de camp.

– On part ? demanda-t-il plusieurs fois. Vous cherchez encore quelque chose ?

Elle fit un tour dans la cuisine. Grüber la rejoignit et lui dit :

– Vous ne partez pas en voyage. Vous n'allez pas préparer une valise ?

Elle lui fit face :

– C'est ma maladie. Je suis en train de lutter contre elle. Dans mon réfrigérateur, je voulais prendre un quart de litre de lait. Je vous le montre ? J'ai enfin vaincu ma maladie ! Mais j'ai juste été traversée par l'inquiétude qu'il risque de n'y avoir ni café, ni lait, et que nous allons nous trouver sur une terrasse vide.

– Non, dit Grüber. Et si je voulais vous être vraiment utile, je me permettrais de vous demander d'ouvrir votre magnifique sac pour voir si vous n'y avez pas logé une surprise de plus…

Il se comportait comme un homme intuitif et attentionné dans une situation délicate. Elle accepta d'ouvrir son sac. Celui-ci contenait un porte-monnaie, un porte-cartes, des clés, un superbe mouchoir plié en quatre, sans doute un passeport dans une protection élégante.

– On y va ? demanda Grüber. Le reste est parfait ! Je peux aller vous chercher un manteau léger : il fait plutôt frais.

– Il fait souvent froid à Vienne. Quand nous sommes arrivés, je portais toujours mon manteau de l'autre pays, un manteau dans lequel j'avais toujours froid.

– Oui, dit Grüber, on va oublier tout cela, maintenant. C'était il y a longtemps.

Grüber ouvrit la penderie de l'entrée, et y trouva une grande écharpe posée sur l'étagère.

– Vous permettez ?

Ils se retrouvèrent bientôt dehors, au milieu de cette étrange rue en forme de fer à cheval.

– Vous voyez, proposa-t-elle, si on descend, maintenant que nous tournons le dos à la maison, à droite, on est tout de suite dans Kärtnerstrasse ; si on va à gauche, là, regardez, tout à fait au bout, il y a un passage crasseux. On n'imaginerait pas que dans une rue devenue aussi chère et élégante, il y a un tel tunnel rétréci, oublié, qui débouche sur une magnifique place toujours vide, avec un banc où je vais souvent me reposer.

– Non. On ne va pas aller vers une belle grande place vide. Si vous le voulez bien, vous allez me suivre. On va aller ensemble prendre un taxi.

– D'accord, dit-elle. Le taxi, vous le mettrez sur votre note de frais. Il faut que mon riche mari paie. Je suis très contente d'être libre. Sans cet espion de Faber.

– Venez, dit Grüber. Alors, au Prater ?

– Non, dit-elle. J'ai une autre idée.

Elle demanda à un chauffeur de taxi :

– On est à combien de kilomètres de la frontière ?

– Vous voulez aller à Bratislava ? dit le chauffeur.

– Non, non. Il y a l'autre pays…

Elle ne pouvait toujours pas prononcer le mot « Hongrie ». Elle cherchait une frontière, instinctivement rassurée par la présence de Grüber, elle voulait apercevoir l'endroit qu'elle n'avait pas revu depuis des décennies. Elle dit juste au chauffeur : « Il y avait des miradors. »

– Madame, je suis né bien après tout cela, mais je devine où vous voulez aller.

Au bout d'une vingtaine de kilomètres, madame Nader ordonna au chauffeur :

– Si vous pouviez vous arrêter, monsieur, je voudrais faire quelques pas… Venez, dit-elle à Grüber. Vous voyez, à peu près cinquante mètres plus loin dans cette direction, il y avait un mirador avec deux militaires, avec des armes appuyées sur une barrière en bois.

– De quoi parle-t-elle ? demanda le chauffeur à Grüber.

– Cette dame est journaliste, mentit Grüber. Elle veut juste reconstituer le souvenir d'un endroit dont on lui a parlé.

– Ah, dit le chauffeur, oui. Leur vieux truc : le rideau de fer, les réfugiés. Il n'y a plus personne que ce monde intéresse, parce qu'on est dans l'Europe, maintenant.

Elle avança encore, parce qu'elle voulait mesurer la distance entre la limite du village où ils se trouvaient et le souvenir du mirador. Impossible à savoir. L'herbe était haute.

– Voilà…, dit-elle.

Elle prit Grüber par le bras.

– Vous voyez, c'est là, à peu près au milieu de ce terrain, au panneau *Vous quittez l'Autriche*. C'est ici que nous sommes arrivés, c'est ici que je suis née !

Le chauffeur de taxi commençait à s'inquiéter de ces gens bizarres. Elle parlait un allemand parfait, et lui semblait capable de payer la course. « Ce sont des touristes dingues, pensa le chauffeur, habités par des fantômes.»

– Je crois, dit-elle, prise de frissons, que mon manteau n'est pas assez chaud.

Grüber était persuadé qu'elle se croyait encore dans le manteau de jadis.

Le trajet du retour se fit en silence.

– Allons directement au Prater. Je voudrais que Madame s'amuse un peu, elle va monter sur la grande roue… N'est-ce pas, que vous aurez envie de la grande roue ?

– Bien sûr, dit-elle. Qu'est-ce que j'ai pu avoir froid, une fin mars, sur cette grande roue ! J'avais très peu d'argent, mais j'ai pu acheter un billet pour y monter : d'en haut je voulais voir l'Occident.

Grüber trouva un salon de thé, un de ces lieux enchantés inventés par les Autrichiens, où, à l'intérieur, tout le monde est accueillant. Sur une longue table étaient présentés des gâteaux de toutes sortes.

– Je vais prendre une tranche de Forêt noire, s'il vous plaît, dit-elle.

Le garçon était près d'eux.

– Une Forêt noire pour Madame. Et pour Monsieur ?

– La même chose avec un chocolat chaud.

Elle se mit à sourire.

– Pour moi aussi, ce sera un chocolat chaud… Quel fabuleux jour de fête, grâce à vous ! J'espère que vous ne perdez pas trop de temps avec moi, ni d'argent. Mon mari doit vous payer. Vous garderez bien la facture. Il ne faut pas lui faire faire d'économies. C'est un brave homme qui n'a jamais rien compris de moi…

– Vous êtes aussi une femme assez compliquée, se permit Grüber.

– Sans doute, mais j'ai quelque chose d'important à vous dire, pas un mot à mon mari de ses maîtresses occasionnelles. Je voulais être comme tout le mode, monnayer ma vie, ma liberté et la sienne. Ce n'est pas une méthode digne. Je ne veux rien, d'ailleurs je n'en ai pas besoin ; je me sens mortelle, de plus en plus mortelle. J'aimerais que vous reveniez à Vienne, je suis si apaisée avec vous, vous êtes un vrai gentilhomme.

Chapitre 10

En sortant de la pâtisserie, il lui dit d'un ton léger :

– Que voulez-vous faire de votre vie ?

– Il ne faut pas faire trop attention à moi. J'ai trouvé ma paix.

– Avez-vous une famille, même lointaine, qui vous permettrait de ne plus être seule ?

– Non.

– Vous êtes très belle, dit Grüber comme si ce commentaire lui échappait.

Le compliment n'était pas gratuit. Dans son vêtement luxueux en poil de chameau, le cou entouré de l'écharpe qu'il avait pris le soin de lui proposer, elle était éclairée par le dernier rayon de soleil. Son sourire, ses grands yeux bleus brillant d'une lumière inattendue pouvaient-ils faire croire qu'elle était enfin heureuse ?

– C’est le plus bel après-midi de ma vie. Je me sens bien avec vous… Je redoute de rentrer chez moi et de m’y retrouver seule.

– Pourquoi n’avez-vous pas voulu adopter un enfant ?

– Les enfants me font peur, dit-elle. Même ceux que l’on porte dans son ventre peuvent devenir des sources de douleurs. Ceux que l’on adopte d’un autre pays, peuvent un jour vous reprocher : « Vous m’avez arraché à mes racines. Dites-moi qui sont mes vrais parents. » Je ne veux plus avoir de conflit dans ma vie… Mais, figurez-vous, ce que nous venons de manger et ce rayon de soleil m’emplissent aujourd’hui d’une quiétude rare… Imaginez que je n’ai jamais pu danser, alors que je me suis souvent rêvé dans les bras d’un superbe jeune homme qui me fait valser sur un air à trois temps, au point de même plus sentir le sol.

C’est à ce moment-là qu’elle s’effondra littéralement dans les bras de Grüber. Celui-ci eut juste le temps de la rattraper. Il crut d’abord que son pied avait heurté quelque chose, ou qu’elle était prise d’un malaise. Madame Nader saignait. Les yeux ouverts, elle murmura :

– La balle perdue m'a trouvée. C'est une question de... de... de...

Elle ne put prononcer le mot « destin ».

L'ambulance arriva. On demanda à Grüber s'il était un parent, le mari.

– Non. J'étais juste... je l'accompagnais...

– Donc vous n'êtes pas de la famille.

On lui enleva ce corps fragile, cette femme si élégante dans la mort. « Pourquoi sa mort ? » pensa Grüber. Les policiers commencèrent à l'interroger. La rue était bloquée.

Grüber donna son passeport et justifia sa présence.

Une heure plus tard, il put rejoindre madame Nader aux urgences où l'avait amenée l'ambulance. Il fallait appeler son mari à Paris. Il eût aimé dire qu'il était catastrophé, il ne l'était pas. On pouvait même imaginer qu'il était légèrement soulagé, parce que cette femme représentait le poids de l'Histoire.

– Monsieur Nader, j'ai rempli ma mission, j'ai retrouvé votre femme. Mais je suis malheureusement obligé de vous annoncer une nouvelle tragique. Je voulais vous dire que madame Nader a été blessée par un tireur fou...

– Blessée ? s'écria le mari. Blessée gravement ? Je prends le premier avion et j'arrive.

– Trop tard, dit Grüber. Madame Nader est décédée.

– J'arrive, dit le mari. Je vous retrouve à votre hôtel ou plutôt à l'hôpital. Annoncez-leur que j'arrive, que je règle tout.

Grüber se retrouva dans une salle d'attente avec le sac de madame Nader et le trousseau de clés de la Kleeblattgasse. Fallait-il donner les clés à son mari ? Fallait-il lui parler de l'immeuble ? Grüber reconnut qu'il n'était rien dans cette affaire. Il n'avait même pas le droit de mentir.

Quand Nader arriva enfin, il demanda à Grüber de l'accompagner au chevet de sa femme.

– Je crois, monsieur, que ma mission est terminée. Votre femme était une dame de très grande classe. Je vous donne son sac à main. Vous y trouverez les clés de l'appartement de la Kleeblattgasse qu'elle avait acheté, qu'elle considérait comme son *pays*.

– Elle l'avait acheté ? s'exclama le mari. Quelle absurdité… Avez-vous pu découvrir le mystères de ses folies pour les valises et de son amour pour cette petite rue ?

– Il n'y avait que la peur. Un passé lourd, une adolescence où tout manquait toujours, où tout était incertain, où même les sentiments étaient ébranlés par ses frayeurs. Elle mettait ces boîtes dans les valises par exorcisme… Elle voulait se débarrasser de sa peur. Et puis, je suis navré de vous le dire, elle attendait aussi que vous la compreniez.

– Qu'est-ce que j'aurais dû comprendre ? dit Nader, hagard. Je lui ai tout donné.

– Bien sûr, dit Grüber. Est-ce que vous permettez que je m'en aille ? Vous n'avez plus besoin de moi.

– Retournez à l'hôtel Bristol.

– Non. C'est trop chic pour moi.

– Envoyez-moi au moins vos notes de frais quand vous serez de retour à Paris.

– Bien sûr.

Grüber ramena monsieur Nader à l'accueil, où une femme aimable enregistra la présence du mari de la victime.

De retour à son hôtel, le portier l'accueillit avec ces mots :

– Vous avez entendu que le fou qui tire dans la foule a fait une autre victime ?

– Je le sais, dit Grüber.

400 ASA

La ravissante Madame Tchou avait décidé d'emménager chez William Terreau, antiquaire réputé et expert de la période Louis XVI. Ainsi elle réussirait à se faire épouser et à devenir un jour l'héritière des trésors de cet homme d'affaires. Elle avait surtout été émoustillée par le faste de ses locaux professionnels, situés dans un ancien hôtel particulier, classé monument historique dans une rue chic de la Rive gauche à Paris.

William Terreau, lui, avait été sensible au sourire de cette femme, hôtesse d'une compagnie aérienne chinoise. La rencontre l'avait ému, au moment où veuf, à soixante-cinq ans, il espérait une nouvelle vie. Il avait embarqué pour Shanghai. Le charme de cette Chinoise l'avait hypnotisé. Elle déclarait avoir trente-cinq ans… À son retour à Paris, il l'avait invitée à dîner dans un restaurant à la mode.

Grisé, riche et libre, il s'était engagé dans une aventure avec cette femme exquise dont le français s'améliorait avec le temps et lui permettait de camoufler avec une certaine virtuosité, son manque de culture. Ce soir-là, elle avait avoué sa passion pour le mobilier ancien et pour la peinture des XVIIIe et XIXe siècles : « L'art occidental est sublime, mais je reconnais avoir tout à apprendre. Si vous aviez la patience de vous occuper de moi, je pourrais évoluer et vous seconder au magasin. »

Quand il l'avait interrogée sur sa famille, elle avait fait quelques allusions à une ascendance noble. Fragile survivante des diverses révolutions, elle avait échappé de justesse à la mort. Elle avait fait part à Terreau de son intention de retourner vivre à Shanghai une vie « normale ». William n'avait pas supporté l'idée d'un départ précipité de Madame Tchou, et deux nuits plus tard, l'avait demandée en mariage. « Je pourrais être votre professeur et vous apprendre à distinguer les différents styles. Vous parlez l'anglais, et je m'oriente de plus en plus vers une clientèle américaine. »

Madame Tchou avait compris la nature de William, elle saurait le faire plier : il faudrait juste l'admirer suffisamment et le gâter au lit, en lui faisant croire qu'il était un amant exceptionnel.

Ce rez-de-chaussée de la Rive gauche, où le magasin était situé, était pratique. Par la porte cochère, les transporteurs pouvaient faire entrer toutes sortes de meubles. La lumière opaque du toit de la cour permettait aussi de camoufler les éventuels défauts d'un tableau grâce à un savant jeu d'ombres et de lumières.

Madame Tchou commença à intervenir dans les achats de William. Elle n'avait ni la culture de son mari ni la connaissance du mobilier, dont l'ancienneté était parfois maquillée à l'aide de vernis puissants.

Un jour, lors d'une vente aux enchères, William avait acheté trop cher, selon Tchou, une miniature du XVIIIe siècle et un portrait de femme au chapeau garni d'une voilette noire.

– La femme est une veuve. On ne met pas une veuve dans un salon. Une veuve, c'est triste

– Mais le peintre est une valeur sûre.

– Quoi, le peintre ? Une veuve est une veuve.

Le lendemain, pour se venger, Madame Tchou avait manifesté son mécontentement en laissant William seul avec ses clients. Or ceux-ci souhaitaient la présence de la ravissante Chinoise dont l'aspect exotique donnait un relief particulier aux objets exposés et leur accordait aussi un crédit d'authenticité. Ce que Madame Tchou disait – souvent des banalités – prenait de l'importance. On présumait qu'elle était plus experte que son mari. N'était-il pas un peu trop âgé pour ce métier, rendu éprouvant à cause des déplacements ?

William Terreau avait une importante clientèle dans la région de Bordeaux. Dorénavant, la Chinoise faisait un tri parmi ces clients qui venaient parfois juste pour bavarder avec William. Ces rentiers se rendaient aussi à Paris à l'occasion d'une exposition et en profitaient pour raconter les nouvelles locales. Madame Tchou les prenait pour des parasites. Elle n'hésitait pas à interrompre brutalement, une conversation : « William, j'ai besoin de toi ! Pour ce tableau, a-t-on bien un certificat ? »

Le sens commercial et le charme de Madame Tchou pouvaient influencer le client attiré par un vase présumé Ming, ou « copie de Ming », ou « aspect de Ming ». Elle répétait des bribes de phrases de William dont le flou permettait des incertitudes alléchantes. Certains acheteurs néophytes n'achetaient que si elle leur expliquait elle-même la raison d'en faire l'acquisition. Les anciens clients commençaient à se sentir encombrants lorsqu'ils rendaient visite à William. L'antiquaire baissait parfois ses prix pour leur faire plaisir, et ce genre de négociation énervait Madame Tchou qui aimait l'argent.

Donc, la première vente aux enchères en sa présence s'était mal terminée. La deuxième aussi ! Elle n'approuvait pas les choix de son mari. Alors que William ne se lassait pas d'admirer une nature morte représentant le classique faisan à la gorge coupée, dont la tête pendait d'un plat, elle protestait : « c'est triste, je n'aimerais pas regarder ça toute la journée. Tu l'as payé trop cher… ! »

Malgré les agacements continuels, l'avis de sa femme intéressait William. Il avait l'impression que sa présence éclairait sa vie, et amenait du sang neuf dans ses affaires. Il se préoccupait beaucoup de sa mort, de l'héritage qu'il laisserait et surtout du sort de son appartement du boulevard Saint-Germain.

– J'ai bien observé ton comportement pendant les enchères. Tu es vraiment extraordinaire, et d'une allure si modeste ! dit-elle, un jour. Qui pourrait te craindre ? La prochaine fois, tu permets que j'essaie, à ta place ?

William saisit l'occasion :

– Tu devrais te faire appeler « Madame Terreau », dit-il.

– Oh non ! s'exclama-t-elle. Je préfère garder le nom de mon premier mari. « Tchou » plaît. Ca fait plus chinois que « Terreau ». Je suis chinoise et je le resterai.

Pour le moment, elle apprenait sur le tas ! L'appartement du boulevard Saint-Germain était meublé d'authentique mobilier Louis XVI. Au début, elle saisissait mal le rôle capital des vernis sur un meuble ou sur un tableau. Elle ne reconnaissait que leur valeur en billets de banque. Dans un moment de maladresse, elle demanda pourquoi il ne les vendait pas aussi « pendant qu'ils sont encore à la mode ».

– Les vendre ? Mais je les aime ! Ces meubles viennent d'héritages, chaque jour passé les valorise. Seule la mort m'en séparera.

– Alors, il faut me les donner dans les règles juridiques. As-tu pris tes précautions par rapport au fils de ton premier mariage ?

– Riche entrepreneur au USA, rien ne l'intéresse. Il en est à sa troisième femme et vit dans du moderne dans la Silicon Valley.

– Compte tenu de la valeur estimée de l'appartement, comment ferais-je pour les droits de succession ?

– Je ne suis pas encore mort, rétorqua Terreau, énervé.

L'affaire marchait bien. Madame Tchou impressionnait. Son charme exotique permettait d'apprécier l'univers oriental sans être obligé de se déplacer à Shanghai. Dès qu'il s'agissait d'un tableau ancien, elle utilisait les éléments de vocabulaire technique et esthétique appris auprès de son mari. Tout était bon pour arriver à l'acte qu'elle aimait le plus au monde : vendre.

Elle commençait par augmenter les prix avant de dire : « Je vais demander à mon mari si je peux le baisser un peu, et quelle est la marge de négociations ». Elle devenait une ambassadrice efficace entre le client et l'antiquaire qui pouvait rester dorénavant dans son bureau pour se plonger dans les dictionnaires d'histoire de l'art. Il se déchargeait sur son épouse de trente années de fardeau commercial, de chiffres et de calculs. Mais en vérité, il aurait aimé vivre au milieu de ses seuls meubles du boulevard Saint-Germain, d'une rente solide, et ne se nourrir que de lecture.

Madame Tchou entretenait aussi des relations tendues avec certaines clientes. Elle supportait mal une certaine Ingrid « de-quelque-chose » dont William lui avait confirmé que la noblesse était authentique, comme sa culture. Elle était passionnée par les tableaux de petits maîtres, et on lui faisait volontiers des prix. Le jour où Ingrid pénétra dans leur cour, Madame Tchou la détailla de la tête au pieds, comme on fait d'une rivale, et comprit qu'un danger viendrait de cette femme, sans savoir lequel. Question d'intuition !

Issue d'une vieille noblesse autrichienne, Ingrid de Puissource était la veuve d'un aristocrate français. Elle avait d'abord vécu avec son premier mari à Vienne, avant d'habiter un quartier chic de Paris. Ses relations avec William Terreau étaient agréables. Elle faisait partie de plusieurs associations de sauvegarde d'enfants maltraités et de femmes battues. Sa fortune était en proportion de l'immense vide de sa vie. Dépouillée de son passé, la guerre avait épuisé aussi bien l'Autriche que le sud de l'Italie. Le petit palais où elle avait vécu près de Vienne avait été pillé, quelques pièces rares emportées par les armées de passage. Installée à Paris, elle vivait dans les meubles de son mari. Puis, peu à peu, sur les trois cents mètres carrés de l'appartement, elle s'était reconstruit, suivant ses goûts, un univers à elle.

Elle avait commencé à étudier l'histoire de la peinture florale depuis le Moyen-Age. Elle venait parfois vers Terreau, qui lui en expliquait tel ou tel aspect. Elle était heureuse et l'invitait à déjeuner. Il se détendait en entretenant cette conversation intellectuelle où ses connaissances étaient admirées. Ingrid était particulièrement intéressée par l'utilisation des vernis à la fin du XVIIe siècle : « J'ai envie de prendre des cours. »

Lors de la première visite d'Ingrid chez l'ami antiquaire, William lui présenta sa femme :

– Bienvenue, chère amie… Voici Madame Tchou, ma femme. Si vous voulez, appelez-la juste par son prénom, Lili.

La Chinoise leva un regard haineux sur son mari et dit :

– Je suis pour elle « Madame Tchou », comme pour les autres…

Si Terreau avait été plus psychologue, il aurait compris que la rencontre se passait mal.

Ingrid admira quelques roses sur un tableau d'époque contemporaine.

– Je ne savais pas que vous aviez aussi des tableaux récents, William, dit-elle.

– Oh, j'ai acheté celui-ci parce qu'il plaisait à ma femme.

– Bien sûr. Et qui a verni à ce degré vos roses ? Sous autant de vernis, n'importe quelle rose se fanerait

Sous-entendus, jeux de mots, deuxième degré, tout cela échappait à Madame Tchou, sauf le ton de la voix. Elle n'aimait pas ça. Parce que Terreau avait étudié les beaux arts, et parce qu'Ingrid était née dans un milieu d'esthètes, ccs deux êtres étaient liés par une complicité culturelle. Tchou revint plus tard vers son mari :

– Elle n'avait pas à critiquer ces roses. Moi, j'aime bien ces roses. C'est un joli tableau.

– Bien sûr, dit William. Ne te fâche pas. Elle a d'autres critères…

– D'autres quoi ?

– Critères.

– Que veux-tu dire ?

– Qu'elle regarde différemment les tableaux. D'ailleurs, elle ne s'intéresse qu'aux peintures anciennes.

– Bien sûr, dit Tchou. Alors pourquoi n'as-tu pas voulu lui vendre la nature morte ? Tu as dit qu'elle datait du XVIIIe.

– Parce qu'elle n'aime pas la vision d'animaux tués, je ne lui ai jamais vendu de natures mortes.

– Alors qu'est-ce qu'elle aime, cette femme ?

– Cette *amie*, insista Terreau. Elle aime la beauté surgie de nulle part. La beauté authentique : silhouette calme, fleurs, reflets et détails camouflés que seul un restaurateur est capable de découvrir.

Depuis la visite d'Ingrid, William retrouva un peu de sa liberté. Lors d'une vente aux enchères, il acheta trois tableaux anciens. L'un d'entre eux était enduit d'une couche noirâtre de goudron utilisé à l'époque, supposé agir comme une protection. Sous l'effet tout particulier de la lumière bien orientée, on distinguait la silhouette d'une femme assise dans un fauteuil. Son profil doux était accentué par un chignon dont le poids présumé lui faisait incliner la tête légèrement en avant.

Une fillette devant elle contemplait l'intérieur d'un petit sac en soie posé sur les genoux de sa mère. Était-ce un jouet ou un bijou ? L'enfant était penchée sur le trésor, aussi gracieuse que sa mère, curieuse, mais discrète. Une tendresse infinie se dégageait de ce tableau que seule une lumière exceptionnelle permettait d'admirer.

– À qui peut-on vendre un tableau aussi sombre ? demanda madame Tchou.

– Ce vernis cache peut-être un chef-d'œuvre, dit William. Appelle le restaurateur.

– Non, répondit Tchou. Il va demander cher pour un résultat incertain. Trouvons d'abord un acquéreur qui paiera aussi la restauration. On devine suffisamment les personnages pour que quelqu'un se laisse tenter.

– Tu dis n'importe quoi. Ce tableau témoigne du génie du peintre. Sans doute, mécontent de son œuvre, il a noirci sa signature. Il faut la décrasser et en dégager les personnages.

– Non, dit Tchou. On voit suffisamment la femme et l'enfant. Ceux qui aiment ce genre de « vieilleries » feront la dépense.

William posa le tableau de la femme et de la fillette derrière son fauteuil, tourné contre la bibliothèque.

Ingrid arrivait, toujours élégante, sobre dans ses gestes et ses paroles. William se retenait de montrer le bonheur que lui procurait sa présence, et se contentait d'une accolade. Quand elle venait s'asseoir à son bureau, et racontait telle histoire vécue à Vienne, soit celle d'un tableau, soit celle d'un bracelet ancien, Madame Tchou survenait pour interrompre William : « Il faut que tu viennes : un client te réclame. » Elle se tournait alors vers Ingrid : « Je vous bouscule un peu, mais, par les temps qui courent, les clients sont rares. » Ingrid restait assise devant le bureau, admettant évidemment que l'on fasse appel à William. Il savait mieux que personne évoquer les caractères d'un meuble, ses origines, attirant même avec honnêteté l'attention de son client sur des défauts éventuels.

Ce jour-là, en attendant le retour de l'antiquaire, Ingrid se leva et, comme elle en avait l'habitude, commença à circuler dans le bureau pour examiner les objets que William posait près de ses étagères. Seuls les initiés avaient le droit d'entrer et de regarder. Elle découvrit le tableau qu'elle souleva, retourna vers elle, prête à le sortir quand William revint et le prit pour le porter lui-même à la lumière de la cour.

– Il est spécial, mais c'est une merveille. Ce tableau trahit à la fois le génie et un mouvement d'humeur de l'artiste. Je ne crois pas que, dans son état actuel, il soit pour vous.

Dehors, Ingrid observa la peinture avec un intérêt croissant. Elle présenta même des excuses :

– Juste par curiosité, William, vous me pardonnerez ? Vous m'avez toujours permis de regarder dans votre bureau.

Tchou arriva et intervint :

– Ah, madame, vous savez, c'est un joli tableau !

Elle espérait que cette femme snob qui se croyait si intelligente, allait tomber dans le piège et achèterait ce tableau, les débarrassant ainsi de ce fardeau difficile à négocier. Elle estimait leur restaurateur médiocre. Elle avait souvent dit à son mari :

– Pourquoi as-tu choisi ce restaurateur qui est aussi un mauvais peintre ? Il est jaloux de ce qu'il restaure.

– Mais non, mais non, se défendait William qui n'aimait pas que la Chinoise contrarie ses anciens territoires.

Pourtant, Tchou était devenue plus tolérante depuis que la femme du restaurateur lui avait concédé des pourcentages sur les commandes.

William posa le tableau sur un chevalet. La verrière de la cour permettait à un soleil timide d'éclairer sous le meilleur angle la femme assise, d'en souligner la tendresse… Derrière les personnages, on pouvait deviner des rideaux de brocart dans un décor aristocratique.

Ce tableau rappelait à Ingrid l'atmosphère du palais de son enfance. Comme projetée dans le passé, elle s'imaginait être en parenté avec ces personnages. Elle était sous l'influence totale de la peinture et prononça, en se tournant vers William :

– Je le prends !

Tchou était sur ses gardes. William déclara :

– Je vous vois très émue, chère amie, le tableau n'est pas signé, je vais vous le vendre au prix d'achat, sans bénéfice…

Tchou intervint :

– Mais tu n'as même pas recherché une éventuelle signature.

– Qu'importe son prix, confirma Ingrid. Je veux ce tableau, en l'état et dès maintenant, je le considère comme m'appartenant.

– Le prix d'achat était de huit mille euros, frais compris, dit William.

Tchou devint muette de rage. Ne pas prendre de bénéfices alors qu'il y avait un acheteur aussi fasciné que cette femme fortunée ! La passion de cette cliente était vraiment à exploiter !

– Tu ne l'as pas acheté plus cher ? dit-elle à William pour le rappeler à l'ordre.

– Non, Ingrid est une amie : je lui vends ce tableau au prix de revient.

Tchou était persuadée d'avoir perdu des milliers d'euros sur cette affaire. Elle n'arrivait pas à deviner la nature des liens qui unissaient Ingrid, ses ancêtres, sa culture avec William.

Quand Ingrid voulut donner un chèque, William lui répondit :

– Mais non, vous avez tout votre temps. Le tableau est à vous, désormais.

– Avant qu'un restaurateur ne l'examine, dit Ingrid, j'aimerais le voir chez moi, dans l'éclairage d'un de mes salons. J'ai libéré un grand espace où se trouvait un portrait de mon mari. Même au bout de quinze ans, je ne pouvais plus entrer dans la pièce sans avoir les larmes aux yeux. Cet espace libre sera animé par cette Femme à l'enfant, dont la silhouette me hante. On paie toujours cher un grand amour. Je crois pouvoir en combler le vide avec ce portrait…

William hocha la tête.

– Si ce tableau peut vous consoler un peu, j'en serai heureux.

Tchou ne pouvait comprendre ce langage. Elle tournait autour d'eux et tentait de saisir des mots, des notions et des sentiments inattendus pour elle. William était heureux de retrouver une interlocutrice qui avait de la culture et aimait les œuvres d'art. Ils en parlaient avec passion. Était-ce vraiment du goudron qui recouvrait les personnages ? Avait-il été mélangé à la peinture d'origine par l'artiste qui, déçu et pris de colère, aurait voulu dénaturer son œuvre ?

Ingrid était pressée de contempler le tableau chez elle. Il s'agissait d'installer cette femme à la silhouette masquée, et de voir l'enfant de près. Le restaurateur ? On verrait ensuite. Tchou intervint pour préciser que le transport serait aux frais d'Ingrid. Celle-ci regarda William avec pitié, devinant qu'il s'enfonçait comme dans des sables mouvants dans son mariage avec la Chinoise, dont elle essayait de deviner l'âge, sans succès. Si son ami antiquaire était heureux avec elle, tant mieux pour lui.

Le tableau arriva chez elle deux jours plus tard, et fut aussitôt accroché sur le mur blanc. Ingrid essayait de retenir une attirance farouche pour l'œuvre. Elle s'en approcha plusieurs fois, la toucha avec délicatesse, d'une caresse symbolique. Et chaque fois qu'elle quittait la pièce, elle y revenait fascinée. Elle préféra attendre avant de le livrer au restaurateur.

Trois jours plus tard, parce que son assureur réclamait l'inventaire de l'appartement, pour en revaloriser le montant, elle entreprit de photographier ses meubles, ses tapis et ses tableaux.

L'assureur se méfiait de ce travail d'amateur, mais ne voulait pas contrarier l'excellente cliente.

– Si vous me permettez de vous donner un conseil, prenez une pellicule de 400 ASA, lui recommanda-t-il.

Munie du meilleur appareil photo, elle passa du temps à chercher les meilleurs angles. Elle fit de nombreuses photos de sa nouvelle acquisition, cherchant par tous les moyens à lui donner un éclairage supplémentaire. Mais, bien que la porte-fenêtre soit largement ouverte et les lampes allumées, le tableau restait noir. Pour l'inventaire, donnerait-elle une œuvre aussi sombre même si cette obscurité tenace créée par la matière qui recouvrait le tableau lui suggérait son deuil permanent ? Quelques jours plus tard, elle alla chercher les photos développées et fut prise d'une émotion violente. Sur les clichés, l'inconnue du fauteuil et la fillette étaient devenues lumineuses, magiques, d'une beauté sidérante. Ingrid découvrit distinctement les détails du tableau : en arrière-plan, un rideau en brocart rouge avec des fleurs jaunes, les dessins des fils argentés sur la jupe de la femme. Tout était or, rouge, d'un jaune et marron tendre, couleurs de ce siècle où les femmes se paraient des splendeurs que, sans doute, seul ce 400 ASA avait pu révéler. Elle se précipita au salon pour comparer avec le tableau toujours aussi noir !

Elle repartit rapidement vers le magasin de William.

– Le tableau ! Regardez ! dit-elle en mettant sous ses yeux la série de photos.

– C'est un magnifique tableau, dit William, bouleversé. Comment avez-vous fait cette découverte ?

– Grâce à une pellicule de 400 ASA ! mais je vous en supplie, venez voir chez moi.

Chez Ingrid, William compara le tableau sombre avec les photos.

– Oui, dit-il, tout ce qu'on voit sur la photo est bien l'âme de ce tableau. La pellicule n'invente pas, elle révèle. Il faut maintenant qu'un restaurateur puisse dégager les personnages de ce noir. C'est la première fois de ma vie que je vois ce phénomène… Cette peinture doit être d'un grand maître. Pourquoi l'a-t-il massacrée avec son enduit au goudron ? De qui a-t-il voulu se venger ? De la femme ? De l'enfant ? De son milieu ?

À leur retour au magasin, Tchou regarda la photo avec une envie folle de reprendre le tableau.

– Vous ne l'avez pas encore payé, c'est-à-dire votre chèque n'a pas été remis à la banque. Si vous ne voulez plus de ce tableau…

– Si je n'en veux pas ? Mais je le veux à n'importe quel prix ! Je paie tout. Trouvez-moi un restaurateur digne de ce nom.

– Bien, dit Tchou.

Elle voulut prendre l'affaire en main. Dégagé de la couche de noir, le tableau pouvait être vendu très cher.

– Si vous pouvez nous retourner le tableau…, dit-elle sans sourire, mais plutôt aimable. Nous allons faire venir le restaurateur.

– Je viendrai aussi au rendez-vous, dit Ingrid.

– Pas la peine de vous déranger, tenta de la dissuader Tchou.

– Me déranger ? Ce tableau est ma passion.

Vers quatorze heures, le jour suivant, Ingrid était dans la cour et regardait le tableau. Les silhouettes semblaient vulnérables, dans leur noirceur. La petite fille avec sa jupe à crinoline se penchait toujours sur le sac à bijoux posé sur les genoux de sa mère. Ingrid les imaginait déjà dans leur splendeur retrouvée, de retour dans son salon.

Le restaurateur arriva, un petit homme servile et timide, accompagné de sa femme.

– Il n'a pas osé venir seul ?, demanda Ingrid à William.

– Sa femme l'accompagne toujours.

L'épouse du restaurateur avait pris Madame Tchou à part.

– On va accepter le travail, évidemment, dit-elle. Je vous donne, personnellement, vingt pour cent si vous nous confiez cette restauration.

Le visage immobile, les yeux brillants, Tchou dit :

– Ce tableau est un vrai traquenard.

– Un quoi ?

– J'ai appris ce mot de William. Dans votre métier de restaurateur, un « traquenard » est un piège.

– Mon mari saura s'il peut le faire.

Tchou devint perfide, et la traita sans aucun ménagement.

– D'après William, votre mari n'a pas fait l'école de restauration des Beaux-Arts ?

– Non, mais il est compétent, dit l'épouse. On n'a pas de tableau à restaurer depuis des mois. Les affaires vont mal.

Tchou revint vers Ingrid :

– La restauration va coûter assez cher. Vous y tenez quand même ?

– Évidemment, dit Ingrid.

– Vous voulez un devis ?

– Je ne crois pas qu'il puisse estimer le travail qui l'attend. Je lui rendrai visite de temps en temps pour voir comment il progresse. Je veux apprendre auprès de lui les secrets qui permettent de dévoiler tant de beauté.

Malgré le regard froid de Tchou, le restaurateur incertain et sa femme avide, Ingrid semblait croire que ce tableau contenait une part de son histoire à elle. Elle avait manqué de force, et restait trop polie pour dire : « J'ai changé d'avis. Je garde le tableau tel qu'il est. » Elle vit son tableau partir, donna son numéro de téléphone et dit :

– J'attends de vos nouvelles. Vous êtes comme au chevet d'un malade : je veux savoir à tout moment comment la guérison évolue.

Le restaurateur ne comprenait strictement rien à ce langage. Il sentait une responsabilité peser sur lui. Il était en face d'un chef-d'œuvre recouvert d'un noir insidieux. Quand on recouvre un passé médiocre, on n'a pas de regret. Mais il est douloureux de déguiser un passé sublime. Il fallait en dégager cette mère et sa fille.

Tchou voulut garder les photos. Ingrid rentra chez elle, maudissant sa bonne éducation, ses réserves, et ses scrupules à ne jamais blesser personne.

À son retour, elle apprit qu'elle devait se rendre au chevet de sa tante malade à Vienne. La dame âgée n'avait qu'elle au monde. Elle appela William. Il n'était pas à son bureau, c'est Tchou qui prit la communication. Ingrid lui dit :

– Je dois partir quelques jours pour Vienne. Soignez mon tableau, surveillez le restaurateur.

– Bien sûr, dit Tchou. Bien sûr.

– Je veux ce tableau, je vous interdis de faire repeindre par-dessus, il faut seulement réveiller les couleurs magnifiques que vous avez sur la photo.

De Vienne, elle appela William qui, comme par hasard, ne put prendre la communication, toujours trop occupé par ses clients, à en croire Tchou. Elle apprit que le tableau avait quitté l'atelier du restaurateur pour regagner les locaux de l'antiquaire. Fébrile, elle demanda à parler à William.

– J'ai appris que le restaurateur a renoncé à toucher à mon tableau. Dans un sens, je suis soulagée…

La voix de Tchou retentit, mielleuse mais catégorique. Elle venait d'enlever le combiné de la main de William :

– Comme nous craignions de ne pas obtenir le résultat que nous souhaitions, le tableau a été vendu à un Américain : il l'a pris en l'état.

– Vendu, mon tableau ? s'écria Ingrid.

– William n'était pas sûr de pouvoir le remettre en état et nous avons eu un client américain…

– Et mes photos qui révèlent la beauté du tableau grâce aux 400 ASA ?

– L'Américain nous les a demandées, et on les lui a données. Il en a été ravi et va le faire restaurer à Atlanta.

Blessée, trompée, abusée, volée, Ingrid se révolta :

– Passez le combiné à votre mari, s'il vous plaît.

– Il est encore occupé avec des clients.

– Je veux retrouver mon tableau. Je le rachète à l'Américain.

– On ne peut pas. Lui-même est un marchand.

Ingrid était profondément choquée, surtout déçue par le comportement de William. C'était bien la preuve que ce vieil homme était sous l'influence de cette femme. Elle déclara d'une voix résolue à la Chinoise :

– Je veux mon tableau. Je veux contacter l'Américain qui l'a acheté.

Tandis qu'Ingrid était à Vienne, la Chinoise avait réussi à faire signer un acte de donation, le bail du magasin était maintenant à son nom.

Elle était devenue la patronne des affaires de William.

Chez l'antiquaire américain, des clients riches venaient acheter des objets qu'il ramenait de Paris. Leurs choix n'étaient pas toujours d'ordre artistique : « Quel que soit le meuble que vous ramenez, je dispose de tel espace disponible, trouvez-moi une œuvre au format ». Un autre demandait : « Amenez-moi un tableau. Il faut que ce soit ancien ou que ça ait l'air d'être ancien. » Le marchand savait qu'il allait vendre ce tableau pour une fortune, en montrant la photo. Avec ce document, il offrait à l'acquéreur un passé européen authentique.

Le défilé des clients allait commencer. Le revendeur isola le tableau dans une pièce réservée à ses trésors. Il gardait les photos dans un coffret en métal. Il avait vu la nervosité de l'antiquaire lors de l'achat, et l'insistance de l'épouse chinoise à conclure l'affaire. Il se méfiait du mystère qui entourait cette œuvre. William lui avait dit que le tableau appartenait pratiquement déjà à une comtesse autrichienne qui attendait l'avis du restaurateur, et la Chinoise était intervenue pour dire qu'elle ne l'avait pas encore payé, qu'elle ne l'aimait pas noir et qu'on pouvait donc le vendre. Le marchand avait même été tenté de dire que si le tableau appartenait déjà à quelqu'un d'autre…, mais il n'allait pas se soucier des sentiments éventuels d'une inconnue, qu'elle soit comtesse ou non. Il avait acheté cette œuvre en bonne et due forme, mais pourquoi avait-il donc l'impression, ici à Atlanta, d'exhiber devant ses clients un objet volé ? Il se sentait mal dans sa peau.

Le premier client était un richissime industriel qui voulait offrir ce cadeau à sa femme d'origine européenne. Celle-ci n'avait qu'une maigre connaissance de la peinture des XVIIe et XVIIIe siècles. Le millionnaire considéra le tableau noir et la photo : « C'est compliqué. La restauration doit durer longtemps. Il me faut un cadeau que je puisse faire dès aujourd'hui. »

Le deuxième client était un homme d'affaires peu préoccupé par les souvenirs du passé. Il aurait bien acheté cette œuvre, mais seulement après restauration. Les photos que le marchand lui montrait, pouvaient aussi bien être celles d'un autre tableau. Il dit à son fournisseur favori :

– Quand le tableau aura retrouvé la qualité de la photo, appelez-moi. Entre-temps, j'ai vu votre chien chinois en porcelaine. Il est authentique ?

– Bien sûr.

– Je le prends. Un cadeau pour une amie.

L'antiquaire, un nommé Deston fut infiniment surpris par si peu d'enthousiasme, et finit par vendre le chef-d'œuvre à un confrère de la Nouvelle-Orléans qui l'exposa dans sa vitrine avec les photos. Le cyclone Katerina emporta la rue, l'immeuble fut éventré et le tableau submergé par la boue.

Ingrid n'avait plus de contact avec William. Celui-ci ne l'appelait plus. Elle décida de lui rendre une dernière visite. Elle portait sur son épaule, en bandoulière, son Canon chargé d'une pellicule 400 ASA. Elle arriva devant l'une des vitrines que rangeait Madame Tchou. Les deux femmes se regardèrent, séparées par la vitre. Ingrid fit un signe aimable et désigna un petit tableau que Madame Tchou posait sur un chevalet. Ingrid lui fit comprendre qu'elle voulait photographier ce tableau. Tchou crut que l'affaire du tableau à restaurer était oubliée, et décida d'être aimable. Comme lors d'une vente aux enchères, elle le présenta à Ingrid qui le photographia sous différents angles et entra ensuite dans la cour.

– William n'est pas là ?

– Non. Il est chez le médecin.

– Rien de grave, j'espère ?

– Non, vous savez, il a un âge où tout peut arriver.

Ingrid fit développer les photos du portrait de Madame Tchou fixé sur la pellicule de 400 ASA. Derrière le visage tendu et maquillé, apparaissait la peau ridée d'une vieille femme. La subtilité de la pellicule venait de révéler, derrière le maquillage épais, l'âge réel de Madame Tchou et son visage usé, gagné par les rides. Ses mains, tachetées par l'âge, tenaient le petit tableau.

Ingrid glissa les photos dans une belle enveloppe avec le message suivant :

Cher ami,

Je suis passée chez vous. Je n'ai trouvé que votre épouse. Intéressée par le tableau exposé dans la vitrine à gauche de l'entrée, j'ai pris des photos. Les 400 ASA ont joué leur rôle.

Votre épouse doit avoir au moins soixante-cinq ans. Si elle s'est mariée en trichant sur sa date de naissance, vous pourriez encore divorcer et redevenir celui que vous étiez avant.

Vous m'avez dit que vous viviez dans des chambres séparées et que vous ne la voyiez jamais sans qu'elle soit parfaite, élégante et lisse. Entrez donc chez elle un jour pendant sa séance de maquillage... Si vous en avez le courage, expliquez-lui que la confiance trahie et l'honneur perdu deviennent un porte-malheur absolu.

Vous pouvez garder les photos, je conserve à tout hasard les négatifs.

Votre ancienne relation amicale,

Ingrid.

P.-S. Expliquez donc à Madame Tchou qu'on peut tromper un homme pendant longtemps, tandis qu'une femme trompée devient vite lucide et toujours redoutable.

Ce n’est qu’un jeu

– Ah, la garce ! s'écria-t-il en lisant le journal.

Il continua. « Mère de famille supposée avoir secoué son enfant jusqu'à la mort, elle est acquittée au nom de la présomption d'innocence. Il n'y avait pas suffisamment de preuves pour la déclarer coupable ».

– Ce pauvre enfant de deux mois et demi succombe, et sa mère est présumée innocente ! Quel monde ! Quel monde !

Il referma brutalement le journal au point de manquer de renverser sa tasse de café sur la pile de courrier qui l'attendait déjà. Aujourd'hui, le facteur était passé en montant jusqu'au deuxième étage et avait déposé les paquets devant sa porte. Plus rien n'entrait dans la boîte aux lettres du rez-de-chaussée. Ralph dirigeait une petite société de marketing. Il recevait une masse de brochures. Il devait analyser des projets de lancement qu'il demandait à recevoir par courrier.

Ce matin, il avait laissé les paquets ficelés sur la table de la cuisine. Il les regardait avec une certaine suspicion avant de s'y attaquer parce qu'il était souvent déçu. Il était dégoûté de la vie. Aujourd'hui, il allait faire chaud dans ce XVIIIe arrondissement surpeuplé.

Il but deux autres cafés, et circula dans son appartement. Il n'avait pas les moyens de s'installer dans un quartier chic. « J'aurais dû vendre ici beaucoup plus tôt », pensa-t-il. Avant de s'attaquer éventuellement à réorganiser sa vie, il se mit devant sa table, puis entama la pile de courrier à l'aide d'une paire de ciseaux :

Cher Monsieur,

Voulez-vous bien examiner ce projet de circulaire que nous voulons envoyer à nos adhérents ? Si vous êtes d'accord et si vous voulez bien apporter vos corrections, vous serez payé à trente jours, selon nos accords précédents.

Il en était là de cette correspondance quand il découvrit un paquet peu habituel contenant une pochette de cacahouètes et un jeu de cartes pour enfants, une sorte de Pokémon appelé « Akenati ». Pourquoi lui envoyait-on un jeu pour enfants ? Il eut un moment l'espoir qu'on voulait l'associer au lancement d'un gadget.

Le jeu de cartes était bien emballé, sous plastique, avec une inscription : « Quatre compagnons ». Celui qui devait être le personnage principal du jeu, un petit bonhomme rondouillard avec un beau sourire, faisait un signe d'invitation comme à des auto-stoppeurs : « Ouvrez le paquet, vous nous trouverez tous. » Une lettre réclamait une réponse :

Cher petit ami,

Tu as reçu les compagnons. Ils sont trois pour l'instant. Si tu nous écris et si tu nous envoies des timbres d'une valeur de deux euros, tu vas recevoir les autres compagnons, et ton jeu sera bientôt complet. Tu pourras aussi, si tu possèdes des doubles, les échanger pendant la récréation avec tes petits camarades.

Gros baisers de celui qui t'envoie toutes ses amitiés.

Signature illisible.

Ralph détestait ce genre de promotion faite dans le seul but d'inciter un enfant à quémander de l'argent, à trouver des timbres et à les envoyer pour faire vendre des bêtises ! Ce colis était arrivé par erreur dans son courrier. Il récupéra l'enveloppe et s'aperçut qu'elle était destinée à quelqu'un d'autre domicilié près de chez lui : Jean Dupont, 11 rue Clémentine.

Il mit le paquet de côté, avant de se rendre à une réunion où on lui avait proposé la conception de la bande-annonce d'un dessin animé qui aurait fait de Bambi un mangeur d'hommes.

– Non, dit-il. Non, on ne peut pas faire ça aux enfants ! Il ne faut pas abîmer l'image de Bambi !

– Si vous voulez refaire le monde, ce n'est pas le moment, avait précisé le patron. On a peu de commandes. S'ils veulent transformer Bambi en mangeur d'hommes, c'est leur problème. Nous, on a reçu la commande de faire la promotion de « Bambi mangeur d'hommes ». On va donc faire peur avec Bambi.

– Mais non, dit Ralph. Jusqu'ici on a eu peur pour Bambi ! Vous ne pouvez pas vouloir faire peur avec Bambi ! Ce serait la fin d'un monde dans la tête et l'âme des enfants !

– L'âme ? demanda le chef. Qui parle d'âme ? Il s'agit de commerce et de commandes. Si vous ne voulez pas faire de Bambi un mangeur d'hommes, je confierai l'affaire à quelqu'un d'autre !

– Parce que quelqu'un d'autre voudrait faire ça ? demanda Ralph.

– Vous êtes parmi ceux qui ont encore un peu d'imagination. Si vous refusez, je trouverais toujours quelqu'un qui acceptera le contrat. Je vous le promets. Et si je ne trouve personne, ce sera moi.

– Je vais réfléchir, dit Ralph. Je vais réfléchir. Donnez-moi tout le dossier.

En rentrant chez lui, encore tourmenté, il pensait à ce petit Jean Dupont qui devait attendre son jeu de cartes. « Dans un monde où tout est à vendre, même le rêve des enfants, je devrais quand même lui faire parvenir son paquet », pensa-t-il.

Oui, cet enfant devait attendre son envoi. Il avait peut-être la permission de ses parents pour faire ce genre de correspondance. Demande-t-on encore une permission ? Quel genre de parents avait-il ? Un père qui travaillait toute la journée ou chômeur ? Peut-être avait-il des frères et des sœurs ? Il se dit qu'il n'avait pas le droit de jeter cette enveloppe comme ça, comme s'il ne l'avait pas reçue, ni vue ni connue ?

Rentré chez lui, il reprit le jeu de cartes. Abbie, le personnage de la couverture, souriait joyeusement. Il recolla un peu l'enveloppe pour s'assurer que c'est bien 11 rue Clémentine et pas 14 rue Clémentine. Il passerait demain livrer cet enfant qui attendrait bien vingt-quatre heures de plus ! Et encore, il devrait s'estimer heureux que le paquet ait échoué chez une bonne âme. Comment le facteur avait-il pu se tromper à ce point ?

Mais qui accuser ? Un facteur remplaçant ? En tout cas, lui n'était pour rien s'il avait reçu ce paquet qui ne lui était pas destiné. Ces jeux-là étaient des pièges. Ces cartes aussi : l'une attirait l'autre, le premier paquet appelait le deuxième, et incitait à commander le troisième…

Bien sûr, Ralph aurait pu refermer l'enveloppe et la donner au facteur, mais il n'était pas sûr que le destinataire soit livré. Jadis, lui aussi avait été un petit garçon qui attendait, impatient, des cadeaux magiques…

Il recolla maladroitement l'enveloppe avec un gros scotch marron. S'il la donnait dans cet état au facteur remplaçant, celui-ci la mettrait sans doute au rebut. Personne ne redistribuerait un paquet aussi mal ficelé.

Il prit le chemin de la rue Clémentine. Que de monde coloré dans cette rue du dix-huitième arrondissement : une foule de familles, de grosses femmes avec une masse d'enfants accrochés en grappe sur leur dos.

À part le pittoresque de ses habitants, cette rue était banale, étroite, sans un arbre, sans un brin d'herbe, sans même un caniveau pour les chiens, parce les voitures en stationnement pare-chocs contre pare-chocs, occupaient toute la place. « Encore heureux, se dit Ralph, que la rue ne soit pas en sens unique : un côté pour ressortir de cette horreur et l'autre côté pour y rentrer ».

Le numéro onze était un vilain immeuble de cinq étages qui sentait l'oignon et la misère. Les boîtes à lettres tenaient par miracle sur un mur avachi. Il repéra les noms des habitants : des Nô, des Ahmed, des Khalem, des Rachid, il y avait aussi des N'guyen… Soudain, il lut Jean Dupont, insolite.

Deux gamins, des « diamants noirs », dévalèrent l'étroite cage d'escalier. Il les interpella, montra le nom de Jean Dupont sur la boîte et demanda : « Quel étage ? » Les gosses se mirent à rire. Leurs dents blanches, éclatantes, illuminaient leur visage. Ils ne comprenaient pas ce que Ralph leur demandait. Plus tard, une Africaine descendit, à qui il reposa la même question.

– Il descend pas, répondit-elle, il est vieux. Cinquième étage !

Il porta sa pochette au cinquième étage. À chaque palier, comme aurait dit un ancien président de la République, il y avait des odeurs, des bruits, des chants, et même un son de tam-tam. Au quatrième étage, garée sur le palier, une poussette d'enfant gênait le passage. À voir son état, elle avait dû être repêchée dans une décharge publique. Au cinquième étage, il sonna à une porte qu'il croyait être celle de Jean Dupont. Enfin il entendit vaguement des petits pas qui approchaient. Ce n'était vraiment pas les pas lourds ou traînants d'une personne âgée, mais des petits pas et une voix d'enfant : « Qui est là ? »

– Ouvre juste la porte, j'ai un paquet pour toi.

– Je ne peux pas. Papy l'a fermée et a pris la clé.

– Ah bon, dit-il, l'oreille collée contre la porte parce que la voix de l'enfant ne portait pas assez fort. Demande à Papy de te donner la clé et ouvre-moi. J'ai un paquet pour toi, avec un jeu.

– Ah, s'exclama l'enfant, le jeu ! Tu m'as peut-être apporté Abbie ! J'attendais Abbie.

Il tenta d'interpeller l'enfant avec douceur pour qu'il ouvre la porte. Il se voulait en tout cas rassurant.

– Je crois que j'ai ton paquet. Un facteur me l'a donné par erreur.

– Je vais demander encore la clé à Papy. Attends ! dit l'enfant.

Il repartit, puis revint et dit :

– Papy peut pas donner la clé.

– Mais pourquoi, diable ?

– Parce que Papy dort.

– Il dort où ?

– Sur le canapé. Il est vieux et il est fatigué, alors il dort.

– Il dort depuis le déjeuner ?

– Non, il dort depuis plus longtemps.

– Qui est Papy ? C'est ton grand-père ?

– Oui, Papy, c'est mon grand-père.

– Et où sont tes parents ?

– Partis à Marseille pour une semaine.

– Tu as un téléphone ?

– Oui, mais je crois que maman a dit qu'il a été coupé parce que la note n'avait pas été payée. Papy a un portable, ajouta l'enfant.

– Donne-moi le numéro, et je vais sonner pour le réveiller.

Quelle idée de noter un numéro de téléphone derrière une porte pour réveiller un vieux probablement un peu gâteux, et demander la clé pour que cet enfant puisse avoir son Abbie ! Alors il composa le numéro à contre-cœur et, la tête contre la porte, entendit sonner le téléphone du vieillard sans que personne ne décroche.

– Où est le téléphone de ton Papy ?

– Sur lui. Il l'a mis sur lui.

– Le téléphone est sur lui ? Tu es sûr qu'il dort ?

– Oui, il dort.

– Mais depuis combien de temps, il dort ? Prends sa main et secoue-le !

– Elle est froide sa main. J'ai essayé, mais il ne répond pas. Papy dort profondément.

Ralph imaginait sur le canapé le grand-père mort pendant son sommeil. Cet enfant était seul avec un mort, et attendait son jeu.

– Ecoute, petit, tu peux essayer de trouver la clé dans la poche de ton grand-père. Pourquoi l'a-t-il enlevée ?

– Parce qu'il avait peur que je descende pour voir s'il y avait mon jeu dans la boîte aux lettres. Il avait peur que quelque chose m'arrive dans la cage d'escalier à cause du racket. Dans ce cas-là, comme je n'ai pas de sous, je ne peux plus remonter.

– Ecoute, petit, je crois que ton grand-père a dû avoir un malaise. Peut-être qu'il a perdu connaissance, et qu'il ne peut pas répondre. Je vais appeler la police. Est-ce que tu es d'accord ?

– Tu peux faire ce que tu veux pourvu que j'ai mon jeu de cartes. En plus je n'ai plus rien à manger, et je commence à avoir un peu peur, parce qu'un robinet coule et que je ne peux pas le fermer.

– Mais, dis-moi Jean… Tu t'appelles Jean ?

– Oui, je m'appelle Jean.

– Tu ne connais pas le numéro de téléphone de tes parents ?

– Ils l'ont laissé sur un papier que j'ai perdu.

– Et eux, ils ne t'appellent pas ?

– Ils ont dit que j'étais confié à Papy qui est assez grand pour s'occuper de moi pendant une semaine.

Pendant qu'il essayait de joindre les secours, l'enfant insistait de l'autre côté de la porte :

– Il est bien mon paquet ? Parce que si j'ai Abbie avec trois autres personnages, le troisième donne un code. Et si j'écris bien ce code, et s'il tombe dans une bonne case, j'en aurais encore trois autres et, si j'arrive à sortir de la maison sans qu'on me les enlève, à l'école, je serai riche dans la cour de récréation.

– Petit garçon, ne te décourage pas ! dit Ralph. Quelqu'un va venir.

Bientôt, la petite rue étroite fut bloquée par la voiture des pompiers et par l'ambulance du SAMU. Dès que la porte fut défoncée, Ralph se trouva en face du gamin impatient.

– Mon paquet, tu l'as trouvé dans la boîte en bas ? Tu habites dans la maison ?

– Non, dit-il, c'est par hasard qu'un facteur me l'a donné.

– C'est quoi, « par hasard », monsieur ?

– Le hasard, c'est que je sois là. Tu vois, il y a parfois de bons hasards !

– C'est quoi, un bon hasard ? demanda encore le gosse.

– La chance qui permet de vivre. Donne ta main !

Il expliqua ensuite aux policiers que le petit garçon était tout seul et que ses parents étaient à Marseille. Il se présenta comme un ami de la famille pour pouvoir l'emmener chez lui. Il donna son adresse, son numéro de téléphone, et leur dit :

– Quand les parents donneront signe de vie, il faut leur dire que le petit est chez tonton Ralph.

– Et ils sauront qui est tonton Ralph ?

– Mais bien sûr, dit Ralph en mentant.

Qu'importe, il fallait juste sortir ce gamin de cet immeuble sinistre.

– Qu'est-ce qu'il a Papy ? demanda Jean en donnant la main à tonton Ralph.

– Je crois qu'il n'est plus de cette vie.

– Ah ? dit l'enfant. Alors il sera heureux.

– Pourquoi ?

– Parce qu'il disait : « Quelle chienne de vie que l'on aime quand même ! » Alors, il ne va plus l'aimer sa « chienne de vie »… Donne-moi le paquet.

– Tu vas l'ouvrir chez moi. J'habite pas loin d'ici, à cinq minutes. Tu vas dîner avec moi. J'ai un lit de camp où tu pourras dormir.

– Et puis il faudra se dépêcher de leur répondre parce qu'on n'a que cinq jours. Tu as le paquet depuis combien de temps ?

– Depuis hier.

– Alors, ça va, dit l'enfant. Je vais avoir les autres Abbie aussi.

– Pourquoi tu sautilles ? demanda Ralph qui n'avait pas l'habitude des enfants.

– Parce que je dois vite répondre. J'ai d'autres cartes. Je peux continuer à jouer. Tu as une enveloppe et des timbres ?

– Bien sûr, répondit-il, apaisé.

Son destin était là, avec ce petit.

– On va appeler tes parents.

L'enfant ne pensait qu'à son jeu.

– Ça peut attendre. D'abord, je dois répondre aux compagnons !

La salle d'attente

Son regard parcourut la salle d'attente de son cabinet de médecin. « Au suivant », invita-t-il d'un ton aimable et avec un sourire naturel à l'adresse d'un homme de taille moyenne, comme surgi d'un autre temps. N'était-il pas un peu trop élégant pour cette salle d'attente populaire où l'on venait sans rendez-vous, et où chacun attendait son tour ? Ce patient exhibait une montre à gousset d'une autre époque, comme une sorte de provocation. Au moment d'entrer il aperçut une femme noire avec son bébé dans les bras. Abondante de chair, d'émotion et de larmes, les joues de cette mère tremblaient ; elle était effrayée par les sanglots de son enfant. Le monsieur recula et fit un geste : « Prenez d'abord cette dame. J'ai tout mon temps. »

Le médecin examina l'Africaine. D'une misère à l'autre, elle semblait perdue : il ne lui restait que la foi et une chambre misérable à partager avec une autre mère. Le docteur Mangue avait toujours des échantillons de médicaments prêts à être distribués gratuitement. « C'est juste une violente et grosse grippe. Donnez à cet enfant ce sirop. Regardez, j'en ai toute une bouteille… Si votre enfant a encore de la température demain en fin d'après-midi, ramenez-le moi. Mais le sirop devrait déjà avoir fait effet. »

Agé d'une soixantaine d'années, les cheveux grisonnants, le docteur Mangue ne semblait pas éprouvé par cet environnement de détresse qu'il avait toujours recherché. Il avait conçu sa vie autour de sa salle d'attente, au service de ceux qui étaient misérables. Plus qu'à un sacerdoce, il était fidèle à son engagement. Il n'avait jamais rêvé d'un cabinet avenue Henri-Martin où les clients auraient attendu dans un salon octogonal cossu, décoré de peintures de valeurs. Le docteur Mangue ne supportait pas la frime. Chez lui, il vivait seul avec son grand chien, un des ces bâtards au cœur gonflé d'amour dès qu'ils aperçoivent leur maître, animaux fidèles, réincarnations d'une race d'hommes perdus sur notre planète, redevenus chiens pour attendre des caresses et éviter les coups de pied.

Au départ de l'Africaine, à son tour, le petit monsieur se leva en jetant un coup d'œil sur la porte d'entrée du cabinet. Ce local se réduisait à une salle d'attente, une gare de la vie, où tout peut se passer.

– Entrez donc. Vous êtes là depuis, je crois bien, trois heures.

– Oui, je me présente, je m'appelle Gohgol.

– Gohgol ? Un nom russe ?

– Oui. Avec un h..., s'il vous plaît.

– Comment ?

– Gohgol. Mais on ne prononce pas le h.

– Monsieur, entrez et prenez place...

Son patient avait les manières d'un aristocrate russe sorti du fin fond de l'Histoire.

– Comment puis-je vous être utile, monsieur Gohgol avec un « h » ?

– J'ai beaucoup de difficultés à vous parler ; j'ai honte d'être là, et j'ai peu de courage pour exprimer ce que j'ai à vous dire. Mais je me sens obligé de m'adresser à vous. Je veux sauver ma femme avec qui je vis depuis quarante ans. Nous avons connu ensemble tous les bonheurs et tous les malheurs.

– Bien, monsieur, dit le médecin, il est tard et je ne vois pas encore ce que je peux faire pour vous.

– Ma femme a soixante ans, elle est la meilleure femme du monde. Nous sommes réduits à vivre avec un revenu plus bas que le RMI.

– Vous êtes élégant… !

– Oui, monsieur. Je dois encore sentir la naphtaline. Quant à la montre à gousset…, je voulais vous impressionner. Montrer quelque chose de mon ancienne grandeur. Mais la vérité est que je suis dépouillé de tout. Si vous saviez comme j'ai honte…

– Quel est votre problème ? demanda le docteur Mangue.

– Vous ! J'ai eu connaissance de certaines choses concernant votre passé…

– Et alors ? dit Mangue.

– Je sais qu'il y a un dossier vous concernant, qui n'a jamais été envoyé à l'Ordre des médecins. J'ai pu retenir l'homme qui voulait vous faire du mal…

Mangue se contracta et se pencha en arrière pour sentir le dossier de son fauteuil.

– Je ne vois toujours pas ce que vous voulez dire.

– Au fond, monsieur, ma visite est totalement inutile. J'ai pris conscience dans votre salle d'attente, et en hésitant à entrer chez vous, que je serais incapable de vous faire chanter. Incapable, alors que j'étais venu pour ça.

– Me faire chanter ? Pourquoi ?

– Ma femme a besoin d'une transplantation du cœur. Mais on n'a ni argent, ni relations. À son âge, tous les jeunes sont prioritaires sur la longue liste d'attente. On sait que vous pratiquiez ce genre opérations dans une vie médicale antérieure. C'est justement le sujet du dossier : un jour…

– Oui ? dit Mangue, pâle. Qu'est-ce que j'aurais fait ?

– Il m'est difficile de rappeler cet épisode. Vous êtes devenu un homme d'une telle bonté, d'une telle générosité…, mais vous n'avez pas toujours été aussi généreux !

– Qu'attendez-vous au juste ?

– J'attends un cœur pour ma femme. Sinon…

– Sinon, dit le docteur Mangue, vous sortez le dossier ? Qu'est-ce qu'il y a dans ce dossier ?

– Il y a l'histoire d'une opération, d'une transplantation où vous auriez dû jouer le premier rôle. Le premier chirurgien, le plus grand, celui qui a toutes les assurances et toutes les connaissances. Or vous étiez absent. C'est votre assistant qui a opéré, un jeune chirurgien encore inexpérimenté. Comme cette opération durait très longtemps, on attendait votre arrivée. En chirurgie, cette époque était celle des pionniers. C'était, disons, une quinzaine d'années après le professeur Barnard. Donc votre patient est décédé. Protégé par la redoutable solidarité médicale, vous aviez une excuse… Mais cette excuse était inadmissible. La veille de cette opération, vous avez essayé votre nouvelle voiture, une Ferrari. Avec la complicité d'un ami, vous avez fait des folies et vous avez eu un accident. Vous avez pris des risques avant une opération capitale. Vous pouviez prétexter : « Oui, j'étais libre de jouer avec ma vie, j'ai failli mourir ». Mais vous n'en aviez pas le droit. À l'époque vous étiez pratiquement le seul qui pouvait à coup sûr réussir cette intervention… Enfin, si on peut dire « à coup sûr »… Vous avez involontairement sacrifié une vie pour le plaisir de frimer dans un bolide. Un ami médecin qui m'a fourni ce dossier, l'avait sauvegardé, parce qu'il ne vous aimait pas. Il se trouve que si on avait rendu public l'incident, on n'aurait pas seulement incriminé par votre faute le secteur de l'hôpital concerné, mais la famille aurait pu faire un procès à l'ensemble des responsabilités personnelles, dont la vôtre, causant un scandale retentissant. On vous aurait traité de nouveau riche fasciné par les voitures luxueuses, d'un inconscient qui se serait laissé griser par la vitesse avant une opération.

– Pour moi, se défendit Mangue, d'une voix éteinte, c'était ma façon de me détendre. Plus que tout, la vitesse me permettait de supprimer mon angoisse. J'ai eu tort. Cette affaire est restée secrète. J'ai pu pratiquer quelques opérations par la suite. Mais pour me punir, je n'ai plus accepté d'argent pour ces interventions.

– Oui, mais il y avait des témoins. Même des médecins peuvent être sévères à l'égard d'autres médecins, parce qu'il y a des limites au silence, docteur Mangue…

– Que voulez-vous ? demanda Mangue. Au lieu d'évoquer ces horreurs, dont je porte le poids et la culpabilité encore maintenant… Pourquoi croyez-vous que je consulte pour vingt-deux euros, remboursés, et que je ne gagne rien, que je n'ai plus de vie, et que mon seul compagnon est un gros chien ? Et je ne me déplace plus qu'en vélo !

– Oui, rajouta Gohgol, mais vous vous construisez une image de saint, celle d'une sorte d'Abbé Pierre des malades. Inutilement, vous ne faites qu'expier.

– Ce scandale est dépassé, même si tout cela m'ennuie profondément. J'ai un fils aux États-Unis ; il est très fier de son père. Il ne comprend pas pourquoi je vis comme un moine, alors qu'il me met sur un piédestal. Depuis des années, je le dissuade de venir ; il voudrait me convaincre de mener une vie plus valorisante ailleurs. Dans un monde où on tue sans l'ombre d'un remords, moi, par la faute d'un simple accident de voiture, j'ai manqué une opération qui ne pouvait pas être remise à plus tard. Si mon fils découvrait cette faiblesse de son père, il s'effondrerait !

– En effet, insista Gohgol. Vous m'étonnez aussi parce que j'imaginais que vous auriez peur du scandale, et je découvre que vous avez surtout peur de perdre l'estime de votre fils.

– Oui. Et qu'attendez-vous de moi ?

– Pour le prix de mon silence, trouvez-moi un cœur, monsieur. Ma femme est dans l'hôpital où vous exercez bénévolement. Vous avez accès à la liste d'attente des greffes. Il est prévu qu'on nous appelle dès qu'une opportunité d'opération se présentera. L'être humain est tellement fragile, docteur Mangue ! Et moi, j'aime ma femme au-delà de tout. J'aime tellement ma femme que je tuerais pour elle alors que je ne suis pas du tout un homme violent. D'ailleurs quand je dis que je tuerais, c'est vous que je tuerais avec ce dossier. Oui, les journalistes n'attendent que des révélations. Vous imaginez l'écho dans les pages d'une publication « populaire » ? « Il veut trouver un cœur pour sa femme, il fait chanter légitimement un médecin qu'on faisait passer pour un saint ».

Le docteur Mangue poussa un soupir. Il savait que ce moment devait arriver, qu'un jour quelqu'un viendrait l'attaquer et lui ferait payer cette ancienne affaire dont il avait été la victime par sa faute.

– Je vais réfléchir, dit-il. Je vais peut-être trouver une solution… Vous avez dit soixante ans ?

– Oui.

– Vous connaissez mon âge ?

– Oui. Vous avez cinquante-cinq ans.

– Je suis de condition robuste, dit le docteur Mangue. J'ai beaucoup réfléchi à cette question. Je porte sur moi une carte de donateur. Si quelque chose m'arrive, on peut me débiter en morceaux. Supposons que j'aie un autre accident, prévu celui-là, préparé, et que je lègue mon cœur à votre femme, est-ce que vous aurez l'impression, monsieur Gohgol, d'être un meurtrier ? Si je fais tout cela pour ne pas perdre l'estime de mon fils ? C'est une forme de suicide…

Gohgol le regardait.

– …qui sauverait ma femme ?

– C'est très compliqué. Il faut d'abord procéder à des examens de compatibilité de tissus et de sang.

– Le corps humain n'est pas une voiture pour parler de pièces détachées, n'est-ce pas ? Ma femme est encore très belle, avec de grands yeux bleus. Comme elle est aussi d'origine russe, j'ai des photos d'elle quand elle avait des nattes comme une icône. Notre union est si parfaite que nos respirations se confondent, que je m'endors en la tenant par la main. Si elle n'est pas auprès de moi, je me lève et je commence à la chercher. Je la trouve au salon dans un fauteuil : « Ça ne va pas, mon amour ? ». « Mais si », me rassure-t-elle, malgré ses yeux cernés et son teint pâle. Sans ce problème cardiaque, elle pourrait avoir l'aspect d'une femme de quarante-cinq ans. Il faut la sauver, docteur. Le destin m'a mis sur votre chemin. J'ai appris votre affaire parce que quelqu'un m'a raconté l'histoire sachant que ma femme était malade. Cette personne n'avait fait aucun lien avec la solution médicale que je cherchais et espérais… Quand allez-vous prendre une décision ?

– Pour me tuer ? demanda le docteur Mangue.

Et le petit monsieur répondit, calme :

– Oui.

– Il faut que je l'ausculte moralement et physiquement. Il faut aussi que j'ai le temps de prendre contact avec mon fils pour le revoir encore une fois.

– Et surtout, dit Gohgol, si vous pouviez trouver une autre mise en scène que celle de la voiture, ce serait mieux. Sinon votre fils aurait raison de penser que vous êtes vraiment obsédé par les véhicules.

– N'aggravez pas la situation, monsieur Gohgol, dit le médecin, laissez-moi réfléchir.

– Je peux vous amener Lisbeth ?

– Vous pouvez me l'amener quand vous voulez, sauf demain parce que c'est le seul jour où je ne reçois pas. Ce jour-là, je me le réserve. J'ai besoin d'un espace de liberté pour réfléchir. Le jeudi est devenu mon dimanche, parce que même le dimanche je consulte.

– Que faites-vous donc de votre jeudi, docteur ? demanda Gohgol, presque triste de condamner à mort ce médecin.

– J'amène mon chien dans des endroits où il peut courir. Je déjeune avec lui. On fait un pique-nique d'une pizza qui lui est destinée, posée sur une couverture au pied d'un arbre…

– Et où allez-vous ?

– Le plus souvent près d'une guinguette au bord de la Seine. Les gens y sont aimables ; ils savent maintenant que mon chien Hérode ne fait de mal à personne… Mais oui, il s'appelle Hérode, et c'est un bon chien ! Il semblait tellement sans défense quand je l'ai recueilli, qu'il fallait bien lui donner un nom effrayant pour que les gens le respectent un peu. Il l'attend, notre après-midi ! Je vous assure, ce chien connaît le calendrier des mois et même des jours de la semaine. Le mercredi soir, quand je rentre, il tourne déjà autour de moi, il va chercher le collier spécial que je lui mets quand nous sortons. Il va à la cuisine où il bouscule le panier du pique-nique. C'est un ami profond… « Son cœur ne bat que pour moi », avoua-t-il.

Mangue rentra chez lui, épuisé, mais presque soulagé d'arriver à la fin d'une logique fatale dont il repoussait depuis des années l'échéance. Il se doutait bien qu'un jour l'« accident » opératoire finirait par réapparaître. De temps à autre dans une semi-conscience, il se remémorait le visage du jeune homme mort, comme si celui-ci avait été auprès de lui. Pas forcément le regard, mais le visage. Il se voyait se pencher sur la cage thoracique de ce malade, pour l'ausculter. Il vivait avec la présence d'un homme mort par sa faute. Comme chaque être humain, il espérait que quelque chose viendrait le soulager : sa propre mort ou soudain une amnésie générale qui ferait oublier toute cette affaire à tout le monde. Sa vie actuelle, dévouée aux autres, ne suffisait pas à libérer sa conscience.

La visite de ce monsieur Gohgol l'avait sidéré. Un cardiologue émérite qui a l'impression que son cœur s'arrête, n'est pas victime d'une illusion. Il s'efforçait de respirer calmement. La mort l'inquiétait moins que le risque de perdre l'estime de son fils.

Il gagna sa banlieue paisible, avec ses maisons de taille moyenne et ses petits jardins. Les gens qu'il rencontrait saluaient celui qu'ils considéraient comme leur bienfaiteur. Mais ils ne savaient pas qu'il allait bientôt mourir parce qu'il en avait décidé ainsi. Il savait que sa salle d'attente continuerait à se remplir, et qu'il leur manquerait. Il ne voulait pas non plus mourir inutilement, donc il fallait s'entendre avec Gohgol pour que son épouse soit bien examinée. Il avait même prévu un certificat de dons d'organe de son propre corps, à l'issue de cet accident programmé. Cependant une partie de sa conscience lui soufflait : « Pas tout de suite, pas tout de suite. Il y a encore tant de gens qui ont besoin de toi. ». Il n'avait pas envie de mourir, et surtout, pas sous l'effet d'un tel chantage.

En rentrant, ce soir-là, il caressa longuement la tête de son brave chien, heureux et apaisé, même si celui-ci se demandait pourquoi son maître n'avait pas quitté ses chaussures. Il pensa qu'il devait être perturbé. Mangue les ôta enfin, alors le chien revint poser sa tête sur ses grands pieds.

Le docteur commença sa soirée en écrivant une confession destinée à son fils. Sous ses doigts agiles, le clavier de l'ordinateur obéissait à sa pensée. Il parlait de lui-même comme s'il s'agissait de quelqu'un d'autre. Il avait prévu un avertissement pour que son fils, de retour après la mort accidentelle de son père, ouvre sur l'ordinateur le fichier présignalé : « La mort de ton père ».

Le lendemain, il entra dans son cabinet par une porte dérobée. Il ne savait jamais à l'avance qui était dans la salle d'attente. Comme les gens venaient, il les prenait avec une conscience professionnelle infinie, un par un. Aujourd'hui, la troisième patiente était une femme d'une soixantaine d'années, une de ces femmes au foyer qui venait sans doute pour demander quelque chose contre les rhumatismes.

– Madame, vous n'êtes pas encore venue, je crois ?

– Non, docteur. Je viens pour la première fois.

– Je peux avoir votre nom ?

– Je suis Lisbeth Gohgol.

Il déposa son crayon-feutre et leva la tête, saisi de peur. Cette femme représentait sa mort. Que voulait-elle ? Malgré son regard chargé de gentillesse et d'émotion, elle n'était ni belle ni laide. Sa peau avait encore une certaine fraîcheur. Elle serra son sac, peut-être pour s'agripper à quelque chose.

– Docteur Mangue, j'ai comme l'impression que vous connaissez mon mari.

– Bien sûr, dit Mangue. Bien sûr.

– Que vous a-t-il dit hier ?

– Le secret médical s'impose même à ce que peut me confier un mari.

– D'accord, d'accord, dit-elle, la déontologie des médecins…

Il leva le regard sur elle. Cette femme avait du vocabulaire et un peu de culture.

– Docteur, je suis infiniment navrée que vous ayez été dérangé par un homme qui m'adore, que j'adore, mais qui est maniaco-dépressif. Quand il a une crise profonde, il est capable de dire et de demander n'importe quoi. Je suis devenue un prétexte, même si je suis réellement cardiaque. Quelqu'un m'a dit un jour : « Si vous aviez trente ans, on tenterait une transplantation du cœur, mais à soixante, ça n'a pas tellement d'intérêt. » Enfin, vous voyez, je plaisante. Mon cœur peut encore supporter quelques années. Mais mon mari a l'idée fixe que je vais mourir si on ne me fait pas cette greffe. Il a déjà tout essayé, et on rejette périodiquement ses demandes.

Un curieux soulagement envahit le docteur Mangue. Pourtant il allait avancer sur un terrain particulièrement délicat.

– Peut-être, madame, qu'il essaie tout, mais il est arrivé jusqu'ici et puisque nous en parlons, soyons ouverts…

– Oui, dit Lisbeth. Avec vous, il a dû être plus dur encore qu'avec les autres, parce qu'avant de rendre visite à un médecin susceptible de m'opérer, il commençait chaque fois une enquête. J'avais l'impression de vivre à côté d'un détective morbide. Il a déjà fouillé dans le passé de deux ou trois médecins. Alors il est parti dans les faits divers liés au milieu médical. D'après lui, chaque fois que quelqu'un meurt soudainement dans un hôpital, on ne rend pas officielle la cause réelle du décès. Les scandales sont étouffés plutôt que d'accuser tel hôpital ou tel médecin. Sur vous, il n'a pas trouvé d'éléments dans les divers fichiers centraux, mais quelqu'un lui a raconté votre histoire. Lui qui était à l'affût d'un secret qu'il pourrait utiliser comme une arme, il a rencontré le gardien de votre immeuble à l'époque où vous aviez votre voiture rouge. Ils ne se sont même pas trouvés dans un bistrot, mais dans un hall de gare, par hasard. Mon mari était assis pour attendre un train, l'autre était à côté de lui. Les gens parlent, et soudain, sans le vouloir, on apprend des choses étonnantes qu'on n'aurait pas voulu connaître.

– Et que lui a dit ce gardien ? demanda le docteur Mangue.

– Ils ont commencé à bavarder, et mon mari est reparti sur son idée fixe : « Ah, si vous saviez comme la vie est dure ! Comme j'aimerais franchir toutes les barrières administratives ! Je voudrais m'attaquer à un hôpital. J'ai besoin d'un cœur, monsieur. »

En proie à une crise maniaco-dépressive, il avait sans doute besoin de parler à quelqu'un, et le destin a voulu qu'une rencontre de hasard lui dise : « J'ai connu un grand cardiologue. Pas seulement cardiologue, mais professeur en chirurgie cardiaque. Il a raté quelqu'un un jour, mais on n'en parle plus du tout. Moi, je ne me mêle de rien, c'était un homme impeccable, mais il se trouve qu'une série de coïncidences... » Mon mari a pris l'adresse de ce gardien d'immeuble pour lui rendre visite et le faire parler, et repérer même l'appartement où ce médecin habitait avant son accident.

– Voilà, docteur, poursuivit Madame Goghol, c'est ainsi qu'au fur et à mesure, il a pu reconstituer les lieux, les dates, et parcourir la route où vous avez eu votre accident. Il a même trouvé une infirmière à la retraite, à qui il avait rendu quelques services. Elle lui a raconté le côté sordide et pittoresque de l'affaire : on vous attendait, vous n'êtes pas venu, et il s'est passé ceci ou cela. À partir de tous les petits détails, il a monté un scénario très patient. Au début de notre mariage, notre passe-temps favori était de recomposer des grands puzzles. Et maintenant, il joue avec des vies, surtout avec la vôtre... Je suis venue vous dire de l'oublier. Ne faites rien. Surtout n'écoutez aucune de ses sordides propositions. Mon mari est un homme malade. Et vous voyez, que mon cœur tienne ou pas plus de soixante ans, l'affaire n'est pas tellement importante. Il s'accroche à moi, et il m'a raconté sa visite chez vous, il y a quelques jours...

– C'était hier, dit le docteur.

– Il m'en a parlé le soir même. J'ai été horrifiée et je lui ai interdit de venir vous importuner.

–Madame, qu'attendez-vous de moi ? demanda le médecin sur un ton exaspéré.

– Docteur, une seule chose : faites attention à vous. C'est un homme qui semble fragile, de taille moyenne, mais dans ses crises maniaco-dépressives, il serait capable de venir ici et de tirer sur vous avec son vieux revolver. Je vis avec un grand malade, et parfois je souhaite que mon cœur s'arrête. Je vis un enfer depuis que son état mental se dégrade. Vous êtes sa dernière proie. Il lui a fallu deux ans pour remettre votre vie en scène. N'ayez crainte qu'il ne dévoile quoi que ce soit à votre fils, parce que l'affaire me semble, si j'ose dire, innocente. Des accidents arrivent à n'importe quel moment. Double accident, le vôtre et celui de l'opération... Ça aurait pu réussir : le jeune chirurgien qui a opéré a eu beaucoup de succès depuis, donc c'est une série de coïncidences malheureuses… Docteur, je vous en supplie, restez éloigné de lui.

– Comment faire, madame ? D'abord, je vous dis toute ma gratitude d'avoir eu le courage de venir me voir et de me dévoiler cette affaire qui touche plus la psychiatrie que, disons, la médecine générale… Comment survivez-vous auprès de lui ?

– Oh, monsieur Mangue, si vous saviez comme il use mon cœur ! J'ai des crises de panique. Il dit que je suis la seule femme qu'il ait jamais aimée, ce n'est pas tout à fait vrai. Même pendant notre mariage, il a eu deux maîtresses. Nous avons toujours eu une vie curieuse. Il est musicien, il vous l'a dit ?

– Non.

– Il joue du violon admirablement. Il est d'origine russe comme son nom l'indique. C'est un homme formidable qui sombre et qui m'entraîne avec lui. J'aimerais tellement me libérer ! J'ai un peu d'argent devant moi, je pourrais vivre seule, mais je ne peux pas le laisser et courir le risque qu'il se tue ou qu'il tue quelqu'un d'autre.

– Madame, dit le médecin, que puis-je faire d'autre pour vous ?

– M'apaiser en disant que vous ne mettrez pas volontairement votre personne en danger, que vous oublierez le cauchemar que mon mari vous a raconté, et que vous m'oublierez moi aussi. Je vais essayer de l'inciter à partir en voyage. J'aimerais qu'on aille en Autriche, c'est mon pays natal. Et puis, lors d'une promenade en forêt ou en montagne, peut-être que l'un de nous réussira à mourir et libérer l'autre.

Le fils du docteur Mangue faisait des études en Californie où il vivait modestement, grâce à l'argent envoyé par son père. Celui-ci rêvait que son fils soit d'abord totalement bilingue, qu'ensuite il puisse obtenir un permis de résidence aux États-Unis, et y exercer le métier de géologue. Mais Dick – il avait américanisé son prénom français – travaillait mal. Il n'avait qu'un seul désir, celui d'écrire des romans. Il fréquentait souvent une grande librairie où il imaginait son nom sur les rayons à la place de ceux qui avaient eu la considération des critiques et celle du public. Il avait déjà tenté d'écrire deux manuscrits montrés un jour à un ami américain qui comprenait le français :

– Mon pauvre vieux, tu ne réussiras jamais ici avec ce genre de récit. Ou tu écris en anglais des vraies histoires, ou en français dans le style « confessions » mais seulement pour des lecteurs français. L'Américain préfère l'aveu d'un serial killer qui raconte dix ans d'horreur, ou bien des histoires épiques dont les héros sont souvent des avocats. Mais toi et ton médecin vous n'intéressez personne. D'ailleurs qui est ce médecin ?

– Mon père. Naguère, grand chirurgien spécialiste de la transplantation cardiaque. Il a abandonné à la suite d'un accident pour devenir une sorte de médecin des pauvres. Je trouve que c'est un sujet magnifique.

– Peut-être pour quatre phrases dans un roman, dit l'Américain. Mais ici on n'aime pas les histoires de famille, sauf si tu parles de kidnapping et de recherche d'un enfant à travers l'Amérique. Du suspense…

– C'est vrai qu'en France dès qu'on ose écrire un « thriller », on vous catalogue comme auteur de roman policier.

– Qu'importe. Tu dois décider de ta vie. Qui t'a donné envie d'être géologue ?

–Moi, je me voyais envoyé sur Mars analyser des pierres qui proviennent de l'infini. Je me voyais au milieu de déserts, à la recherche du caillou rare que j'aurais serré contre moi comme un trésor, dans l'espoir de découvrir de nouveaux minéraux.

– Tu es arrivé un peu tard aux États-Unis pour pouvoir changer de mentalité.

– À la mort de ma mère, je n'ai pu me résoudre à laisser mon père seul, et j'ai pensé faire médecine. Mais je n'avais pas envie de vivre comme lui et d'ouvrir ma salle d'attente en prononçant : « au suivant », passant ainsi d'une misère à l'autre… Alors j'ai préféré les cailloux, la pierre, la terre, les poussières d'étoile. Mon père dit toujours que la vie est une salle d'attente où tout le monde « attend » quelque chose. Chez lui, les gens attendent qu'il ouvre la porte. Moi, j'attends que l'événement vienne me chercher pour que je puisse le décrire.

– Mais non ! dit l'Américain. Un roman, ce n'est pas un événement qui vient te chercher. Le roman doit naître dans ton esprit. C'est un autre monde, Dick. Tu es là depuis trois ans et tu n'as pas encore saisi ? Tu vis trop attaché à l'Europe.

– Peut-être, dit-il. Peut-être que je suis arrivé trop tard ici, je ne sais pas…

Quelques semaines plus tard, il recevait la lettre d'un notaire qui lui faisait part du décès de son père dont il n'avait pas eu de nouvelles directes depuis de longues semaines. Juste avant ce silence, celui-ci lui avait écrit : *J'ai aussi des rêves. Je vais faire un voyage au Népal. Nous serons un peu coupés l'un de l'autre. Je t'ai envoyé de l'argent, tu as de quoi vivre pendant au moins deux ans et trouver un métier. Ne sois pas inquiet, mais avant un voyage au Népal, n'importe qui se doit de mettre de l'ordre dans son existence. Il y a des pays dont on revient un peu plus difficilement que d'autres.*

Le notaire annonça donc à Dick qu'il devait rentrer à Paris pour faire face aux problèmes de la succession : l'appartement, le cabinet médical.

Cela tombait justement entre deux sessions de l'université. Dans l'avion qui le ramenait en France, Dick pleura son père en silence. Ses yeux étaient secs parce qu'il n'avait personne avec qui partager son chagrin. Son père l'avait éloigné de lui tout en restant très proche, en le conseillant et en lui donnant de l'argent.

À Paris, la concierge avait donné à Dick la clé de l'appartement de son père, où il s'était retrouvé seul. C'était un garçon réservé, d'abord élevé par une mère discrète, puis ayant appris à rester seul avec un père taciturne. Il n'avait jamais osé ouvrir un tiroir qui n'était pas le sien. Ici, le notaire lui avait dit qu'il n'y avait pas de scellés sur l'appartement, parce qu'il était l'unique héritier et qu'il n'y avait pas grand-chose à hériter non plus. L'appartement était hypothéqué. Il fallait faire face aux frais, peut-être le vendre. Et puis il y avait le cabinet médical. Le notaire avait ajouté que les gens continuaient à y venir.

Dans l'appartement il dormait sur un canapé, de peur de dormir dans le lit de son père. Il aurait eu l'impression d'être allongé à côté de son corps inerte. Mais son affection était mêlée à une sorte de doute ne sachant vraiment si ce père l'avait ou non aimé.

Deux jours plus tard, il se rendit au cabinet où le concierge avait gardé Hérode pour que celui-ci soit plus proche des lieux encore imprégnés des odeurs de son maître.

Dick ne savait que faire de ce grand chien, et il allait retourner aux États-Unis.

Il sentait que son père continuait de le guider, pour l'orienter vers une nouvelle vie. Mais laquelle ? Il voulait rester seul dans ce cabinet habité par son souvenir. Pour savoir ce qu'il devait faire des fiches des malades, il avait décidé de demander conseil à l'Ordre des médecins. Un jour, il trouva deux personnes, une femme et un homme, devant la porte fermée côté rue. On lui demanda :

– Vous venez chez le docteur, aussi ?

– Non, dit-il. Non.

– Il paraît qu'il n'est plus là, dit la femme. C'est d'une telle tristesse ! Vous ne savez pas s'il va revenir ?

– Je ne crois pas, madame. Je crois qu'il vaut mieux que vous partiez. Il ne reçoit plus.

Ce jour-là, il rentra, désemparé. Il se déplaçait dans l'appartement qu'il avait connu adolescent. Ici, tout lui était indifférent, comme étranger. Il pouvait à peine ouvrir les tiroirs. Quelle indécence de chercher dans les affaires de celui qui n'était plus là au risque de découvrir des faiblesses cachées restées intactes après la mort. Dick était envahi par une immense tristesse.

L'agenda était resté ouvert, sans mention particulière. Pendant qu'il s'interrogeait ainsi, il entendit une clé tourner dans la serrure de la porte d'entrée. Depuis le bureau de son père, il aperçut une jeune femme qui avançait dans le couloir sans l'ombre d'une gêne, du pas de quelqu'un qui connaît les lieux.

– Vous êtes Dick, n'est-ce pas ? fit-elle d'une voix agréable.

– Oui. Mais vous, qui êtes-vous ?

– Je suis Nora, l'amie de votre père.

– Mon père avait une amie ?

– Mais bien sûr. C'était un homme comme un autre. Il m'aimait. Nous nous aimions. Il m'a parlé souvent de vous...

– Vous ne voulez pas vous asseoir ? demanda Dick.

Il s'était levé pour saluer la jeune femme aux cheveux noirs et aux yeux bleus. Sa beauté se lisait dans l'intensité de son regard.

– Est-ce que je peux vous offrir quelque chose à boire ? dit-il.

– Merci. D'ailleurs, je sais où sont les bouteilles. Je ne bois pas d'alcool, et je ne crois pas qu'il y ait encore de l'eau dans le réfrigérateur.

– Je ne sais pas, reconnut Dick. Je n'en ai pas vu.

– Je vais vérifier, parce que j'ai soif…

Ils se retrouvèrent ainsi, étrangers partageant l'un un deuil officiel, l'autre un deuil caché, dans une cuisine très ordinaire à la recherche d'une bouteille d'eau fraîche.

– Vous avez été longtemps l'amie de mon père ?

– Pendant des années, répondit Nora, mais j'avais décidé de rompre, parce que je ne pouvais plus supporter la tristesse de votre père. Voyez-vous, je ne dis pas que j'ai une vie facile, je fais des recherches en chimie. Mais l'existence avec lui manquait de soleil ! Je l'ai connu quand j'étais étudiante. Il était déjà un médecin important. Votre mère était encore de ce monde, et j'étais déjà la maîtresse de votre père… Mais c'était un couple dissocié. Personne n'en voulait à personne. Vous, tout petit garçon…

– Mais quel âge avez-vous ? demanda-t-il.

– J'ai quarante ans. J'ai perdu ce qu'on appelle mes plus belles années avec votre père. J'étais éperdument amoureuse de lui. Mais il y a quelques mois, j'ai découvert que cet état passionnel commençait à se refroidir et que nous n'arriverions à rien de constructif. J'ai une nature positive. Je ne peux pas vivre dans une perpétuelle tristesse.

– Pourquoi êtes-vous revenue aujourd'hui ?

– Parce que j'avais oublié certains objets ici. Parce que votre père m'avait dit que si un jour il disparaissait, je trouverais dans l'un de ses tiroirs une lettre qui me serait destinée, et dans laquelle il y aurait des choses importantes pour moi. Je ne sais pas très bien ce que je devrais chercher…

Dick se leva.

– Vous saviez que j'étais rentré des États-Unis ?

– Non, mais c'était prévisible. Votre père vous adorait. Il parlait beaucoup de vous… Mais maintenant, vous voyez, je ne veux pas non plus m'immiscer dans votre vie. Votre père a quitté ce monde, vous êtes là… D'ailleurs, je crois que vous exercez un métier qui est sans doute très important pour la science, mais enfin, pour les êtres humains, peut-être moins. Vous êtes géologue ?

– Oui, fit-il, et j'aimerais être écrivain.

– Oh, dit-elle, il paraît qu'un Français sur deux veut écrire un roman, et qu'un Belge sur deux écrit des poèmes. Moi, je suis originaire d'Europe de l'Est et je n'écris rien du tout. J'étudie, je cherche, et chaque jour je sais que je ne sais rien, donc je vis dans un perpétuel état d'humilité… Alors, si vous en êtes d'accord, on va regarder dans le tiroir les secrets que votre père voulait que je découvre après sa mort.

De retour près du bureau du médecin, Dick dit, en désignant le tiroir du milieu :

– Il n'y a rien ici, j'ai regardé. Peut-être à droite…

Le deuxième tiroir à droite s'ouvrait difficilement. Le bois était gonflé, il fallait le forcer. Il y avait en effet une enveloppe marquée « Nora ».

– La voici, dit-elle, je n'ai pas envie de l'ouvrir. Je voudrais vous la laisser, pour que vous l'ouvriez vous-même, et que vous en fassiez ce que vous voulez. Pour moi, c'est très difficile et j'ai horreur des arrangements posthumes.

– Il faut l'ouvrir quand même, insista Dick.

Il regardait avec curiosité la femme que son père avait aimée. Elle était belle, assez grande, de constitution robuste, et avait les traits fins.

« Ma chère Nora,

Voici la clé de mon coffre à la banque. Ouvre-le, examine le contenu, et si Dick revient, entends-toi avec lui pour savoir ce que vous allez en faire. Tu vas être étonnée, lui aussi.

Je préférais te laisser la clé à toi : je sais tellement peu de choses maintenant sur mon fils. Il n'a jamais été explicite dans ses lettres. Il ne m'a même jamais demandé : « Comment vas-tu ? » Je sais que c'est très banal de s'en attrister, mais c'est ainsi !

Ne m'en veux pas pour mon départ, peut-être inattendu, mais je t'ai épargné les derniers grands tourments qui m'ont poussé vers cette issue.

Je t'ai aimée, moins que je n'ai aimé la mère de Dick, mais c'était quand même une belle aventure.

Regarde donc ce que tu vas trouver dans le coffre. »

Ils se rendirent le lendemain à la banque. Dans la salle des coffres, l'employé ouvrit le casier, puis les laissa découvrir le contenu du tiroir. Ce fut Nora qui le tira du mur et le posa sur la table. Il contenait un grand écrin d'une forme spéciale, sans doute fait sur mesure pour mieux se loger dans le coffre. Il y avait aussi plusieurs pochettes avec des cadeaux de valeur, peut-être des actions ou des Bons du Trésor. Il y avait surtout une deuxième lettre :

Avant mon accident de voiture, j'étais un médecin qui gagnait beaucoup d'argent. J'opérais des grands de ce monde qui me comblaient souvent de cadeaux de valeur pour que je paie moins d'impôts. Parfois ils m'offraient des bijoux. Celui qui se trouve dans cet écrin m'a été donné par un émir qui m'avait fait venir en consultation en Arabie Saoudite. J'en suis revenu avec l'objet en pensant le donner à ma femme juste avant de lui dire que je voulais divorcer, comme un cadeau d'adieu ! Pour m'assurer de la sécurité de l'objet, je l'ai déposé dans cette banque avec les autres documents. Entretemps il se trouve que j'ai eu l'accident. Le remords m'accompagnait, et j'ai décidé de ne plus m'occuper du contenu de ce coffre.

Je ne sais évidemment pas exactement si c'est Nora qui va ouvrir ce coffre. Je n'imagine pas que mon fils veuille escamoter cette lettre et ne pas la lui donner. Si Dick ouvre ce tiroir et cette lettre, voici pour lui l'adresse de Nora…

– Alors, à vous. Ouvrez cet écrin.

– Ce cadeau ne m'est plus destiné, dit Nora, puisque votre père n'est plus là…

– Non, objecta Dick. C'est le cadeau qui vous est destiné par sa volonté. Vous pouvez l'emporter sans l'ouvrir ici, et sans me le montrer. Je ne considère même pas que j'ai un droit de regard sur l'objet qui est à l'intérieur.

– Mais bien sûr que si, dit Nora. Vous permettez ?

À l'intérieur de l'écrin, il y avait un collier impressionnant constitué de plusieurs émeraudes taillées en « diamant », un collier lourd qui devait valoir une fortune, avec en pendentif une autre émeraude dont la taille était presque de la dimension des quatre éléments du collier.

– Oh, dit Nora, c'est beaucoup trop ! Regardez comme les pierres sont belles ! On pourrait les faire démonter et les vendre séparément. Nous allons partager, vous et moi. Je ne peux pas emporter une fortune pareille.

Dick hésitait. Cette femme avait raison. Le collier en soi était une masse assez laide de nouveau riche, mais les pierres merveilleusement étincelantes. Il était d'accord sur le principe de partager tout cela. Il se voyait déjà dans l'appartement complètement payé de son père, avec un mobilier neuf qui aurait permis de chasser les souvenirs, et lui permettant de vivre à Paris, peut-être d'y écrire sans contrainte financière.

Il y avait aussi dans ce coffre des documents importants, des Bons du Trésor, des Bons au porteur : une petite fortune que son père avait gagnée avant qu'il ne tue involontairement un de ses patients. Il avait tout laissé là, comme dans un tombeau égyptien. Après ce décès dont il se considérait responsable, il avait changé de mode de vie. Il n'avait pratiquement plus de voiture, sauf le misérable pick-up où il mettait son chien.

Nora semblait contente. Mais les yeux embués d'émotion, elle interrogea :

– Si vous ne voulez pas que j'aie une partie de ces pierres, dites-le, et tout est à vous.

Dick se tourna vers elle.

– On ne va pas aller contre la volonté de mon père. Venez, je vous emmène dîner quelque part.

Tassé sur lui-même, la tête baissée, il contourna l'immeuble et entra par la porte dérobée dans le cabinet médical de son père.

Tout en s'interrogeant sur ce qu'il pouvait bien faire maintenant, il tapotait sur l'ordinateur, passant aisément d'un fichier à l'autre, sans chercher quelque chose de précis.

Soudain, il fut attiré par celui intitulé : « Aveux ». Il racontait la jeunesse de son père : ses brillantes études, sa tendance à la mélancolie, son mariage, la joie ressentie à la naissance de son fils, la mort de sa femme, et… apothéose, sa première transplantation cardiaque. Dick lisait, la gorge serrée, au bord des larmes. Puis il arriva à l'affaire de M. Gohgol, à l'aveu de ce que son père considérait comme un crime involontaire : la responsabilité de la mort d'un jeune homme sur la table d'opération. Il découvrit aussi son amour fou pour ce fils qui vivait aux États-Unis…

« C'est le roman d'une vie, je l'ai écrit pour que tu connaisses un peu mieux ton père. Ce texte sert à me justifier à tes yeux, comme à mes propres yeux : au fond, je n'étais pas coupable. J'ai juste été maladroit, superficiel, trop léger : je croyais trop à ma force et que rien ne pouvait m'arriver. Je t'aime, mon fils. Fais de ce texte ce que tu veux, mais considère qu'il a été écrit pour que tu puisses mieux me comprendre. »

L'émotion l'avait tellement secoué que la tension qui le tenait jusqu'ici dans un étau s'était desserrée. Son père était une personnalité à l'âme tourmentée.

De retour dans l'appartement, Dick s'allongea sur le canapé. Cette nuit, il aurait aimé parler à quelqu'un, téléphoner à quelqu'un. Il appela alors son ami américain et lui raconta toute l'histoire.

– Tu pourrais faire publier ce texte. C'est tout à fait pour vous, les Français. Après, tu pourrais essayer de le présenter à des éditeurs américains un peu confidentiels, nostalgiques dans le style de la vieille Europe. Guéris-toi de cet esprit, et reviens après. Peut-être ne reviendras-tu plus jamais ! Je devrais alors te rendre visite à Paris !

Sabine

L'homme qui entra dans la boulangerie-pâtisserie avait de bonnes intentions. Ce détail est important par les temps qui courent. Il ne voulait ni voler, ni tuer. Il voulait seulement prendre un chocolat chaud. Depuis quelques mètres déjà, il avait senti l'odeur des gâteaux fraîchement sortis du four. Il y avait aussi celle, enivrante, des baguettes chaudes aux olives. Avant de franchir le seuil du côté « salon de thé », il avait jeté un coup d'œil à travers la vitre : femmes et hommes bavardaient, tout occupés à leur conversation. Enfin un endroit où on « *communique* ».

L'odeur de gâteau rappelait à Edward son enfance : « Après-demain j'aurai quarante ans. Il faut que je me marie enfin, ou que je me mette en ménage avec quelqu'un. ». Depuis quelques mois, il ressentait un besoin de famille. Des images flashes, diverses et plaisantes occupaient son esprit. Au retour du bureau, une jolie jeune femme l'accueillait : « Tu es déjà là, quelle chance ! Je sors le quatre-quarts du four. »

Dans la boulangerie, un père et ses deux enfants venaient d'acheter deux baguettes. L'aîné des garçons avait aussitôt cassé un bout qui dépassait du papier fin ; le cadet en réclamait un autre. Attendri, Edward associa dans son esprit bague et baguette. Se marier serait-il ridicule ? Songeur, il se voyait bien passer une bague à l'un des doigts de la serveuse.

– Vous désirez ?

– Pour le moment rien, merci, lui répondit-il, distrait.

Derrière un long comptoir, deux serveuses bavardaient. L'une faisait glisser ses mains sur ses hanches. « Ses mains doivent être propres. Ce n'est qu'un tic nerveux », en déduisit Edward. Psychologue, il exerçait son métier dans une entreprise, avec un statut de salarié lui permettant d'observer le milieu féminin qui l'entourait auquel il restait cependant étranger, comme neutre. Son désir intime était de rencontrer un jour une femme en dehors du cadre de son métier.

Au fond du salon de thé, une cliente, aux abondants cheveux bruns, mordait à pleine dents dans une tranche de tarte aux pommes. Elle négligeait sa fourchette préférant un contact direct entre la pâte et les papilles. Edward était un grand timide, il ne savait pas draguer, mais cette personne l'attirait. Professionnellement, il devait se garder de son désir pour les femmes. Il ne pouvait résister à la séduction de celle-ci aux lèvres sensuelles, agrémentées des miettes du gâteau.

Il n'avait à lui demander ni feu, ni heure, et s'en tenait à une réserve prudente quand il aperçut sous une table voisine une tête de bouledogue. Dans d'autres conditions, il aurait trouvé ce chien répugnant, bavant comme si son âme sortait par ses lèvres. Mais ce regard reflétait une telle tristesse qu'Edward s'approcha :

– T'es un beau chien ! Un très beau chien !

Le bouledogue leva ses lourdes paupières et son front plissé, qui lui donnaient un air tragique. La femme à la tarte aux pommes et aux lèvres sensuelles sourit à Edward :

– Il est surtout gentil et fragile.

Elle aurait pu dire dans le style d'aujourd'hui : « Ah, si vous saviez comme ce chien est un emmerdeur ! Quel esclavage ! Vous imaginez, le descendre tout le temps ! Mais, que voulez-vous, je l'aime ! » Non, elle avait bien dit « gentil » et « facile » ! Elle avait même rajouté : « Il fait la gueule mais il est adorable ! »

– Depuis longtemps, je cherche ce genre de chien. Puis-je vous demander quelques renseignements ?

– Asseyez-vous donc, dit la fille, si vous avez du temps à perdre.

Elle fit disparaître le dernier morceau de gâteau de sa bouche. « Au fond, pensa Edward, quand on est face à elle, on s'aperçoit qu'elle a une grande bouche ». Une serveuse vint lui demander ce qu'il désirait. Il répondit : « Un chocolat chaud à quarante ans passés, comme un souvenir d'enfance ! »

– Ils ont aussi une excellente crème chantilly. Je m'appelle Sabine, et vous ?

– Edward.

La fille retint un commentaire qui aurait pu être blessant : « un nom de vieux ! ». Elle savait que l'homme est rare, et que même un

Edward aux cheveux clairsemés pourrait être précieux. Edward commanda donc aussi de la crème chantilly.

– Vous permettez que je me serve dans votre assiette, j'adore ça. Tant pis, dans quinze jours, je vais faire un régime.

– Vous êtes trop jeune pour cela, et vous n'en avez pas besoin.

– Il n'y a plus d'âge pour grossir ou maigrir, dit-elle. Même à quatorze ans, on peut être obèse. Moi, c'est les hanches. À trente-sept ans, c'est triste, non ?

– Votre chien me plaît, dit Edward.

– C'est mon deuxième bouledogue anglais, dit-elle.

En pliant son journal people, la jeune femme s'interrogea :

– Je me demande comment certaines actrices ou passant pour telles, réussissent à se marier, et à toucher autant d'argent en divorçant. C'est tout un art… Vous avez eu l'occasion de voir *Basic Instinct* ?

– Bien sûr, il y a cinq ans.

– Il y aura une suite. Avec la même actrice, liftée.

– Ah, fit Edward. Pourquoi me parler de votre deuxième chien ?

La fille commença à caresser la tête du bouledogue.

– Malgré les apparences, ces bêtes sont fragiles comme des fins de race un peu dégénérées.

Le chien savait qu'on parlait de lui. Dans un long soupir, il posa son menton baveux sur les genoux de la jeune femme, tachant un peu plus son jean. Avec affection, elle tapota le flanc de son animal.

– Ces braves bêtes ne demandent qu'à être caressées, chouchoutées.

– Il me semble que votre chien est malheureux.

La fille répondit du tac au tac.

– Ils ont tous cette tête-là. Même tout petits, ils pressentent qu'ils vont mourir vite. Je l'aime, poursuit-elle, parce que je n'ai aucun problème avec lui. C'est un patapouf qui se laisse caresser, je le remplacerai à sa mort. J'ai trente-sept ans et j'en suis à mon deuxième bouledogue anglais.

– Et vous pouvez rester indifférente à leur sort ?

Après cet échange sur la brièveté de la vie, il se voyait de moins en moins rentrer chez lui, et être attendu par une femme qui lui demanderait froidement : « Tu es là ? ». Il s'imaginait l'entendre dire à son sujet : « Le mien fait partie des hommes faibles et agréables, un peu cardiaques. S'il ne fait pas attention à lui, je serai veuve dans six ou sept ans, et je devrai le remplacer. » Combien d'Edwards seraient consommés par cette femme robuste ? De veuvage en veuvage, elle se goinfrerait aussi des tartes aux pommes, grossirait, ferait des cures… Edward se leva.

– Merci de m'avoir donné tous ces renseignements.

La fille lui répondit :

– Appelez-moi Sabine, ne soyez pas si solennel. Ça ne se fait plus de dire *mademoiselle* ! Qu'est-ce que vous faites dans la vie ?

– Je suis psychologue. Mais je voulais être ébéniste.

Edward rentrait dans la catégorie des hommes à rejeter. Visiblement, il n'avait jamais fait de séances de musculation, ni eu de voiture de sport, ce qui ne l'aurait pas empêché d'avoir un métier de notable. Au début elle espérait tomber sur plus chic. Comment raconter à ses amies son aventure au salon de thé, avec cet homme même pas romantique, avec un psychologue qui regrettait de ne pas être ébéniste ?

Au fond d'elle-même, son audace lui aurait plutôt fait choisir une liaison avec un vétérinaire. Un solide gars rustique et pragmatique spécialisé, par exemple, dans le bouledogue fragile, élevé dans les beaux quartiers.

– Psychologue ? reprit-elle. Et vous ne travaillez pas aujourd'hui ? C'est les trente-cinq heures ?

– Non, fit Edward, c'est mercredi. La plupart de mes clientes sont des femmes retenues aujourd'hui par leurs enfants.

– Vous consultez en privé ?

– Non je suis salarié, comme ceux que j'écoute.

Pour les copines, l'affaire était nulle même pas une profession libérale ! Elle se pencha et tenta de prendre le chien dans ses bras, dont le corps trapu et boudiné semblait lui échapper.

– Viens donc, dit-elle, pressée.

Elle précisa :

– Je vais le faire châtrer la semaine prochaine.

Edward eut l'impression d'être traversé par un couteau dans le bas-ventre.

Il poussa un soupir et se leva.

– Merci pour vos informations.

Il examina le ticket de caisse, et laissa l'argent sur la table. Il s'éloignait quand la fille l'interpella.

– Vous n'avez pas une carte professionnelle sur vous ? Maman cherche depuis longtemps un artisan pour son bricolage.

Edward hocha la tête.

– Navré de vous décevoir, mademoiselle, je n'ai pas de carte sur moi. Et pour le moment, comme je vous l'ai dit, je suis psychologue. Mon agenda est rempli de rendez-vous. L'ébénisterie relève du fantasme… Pardon, encore une question, si vous le permettez. Comment appelez-vous votre chien ?

– James, répondit-elle. Je les appelle tous James.

Le gros chien semblait baver encore plus, non plus de salive, mais des larmes.

La Mouche

Gabriel avait décidé de forcer sa mère à accueillir officiellement dans la demeure familiale, la jeune femme avec qui il vivait depuis un an et qu'il désirait épouser. La future belle-mère daigna donc recevoir cette « personne » dans l'un des salons de l'appartement de l'avenue Foch. Les murs de la galerie qui y conduisaient, étaient recouverts de bibliothèques, et un lustre surdimensionné éclairait le décor à la gloire de Haussmann. « Ce chef-d'œuvre a été exécuté à Murano d'après les dessins de maman », avait prévenu Gabriel à l'élue de son cœur. Celle-ci faillit trébucher sur le seuil légèrement saillant du salon, en découvrant, fascinée, la femme qui se tenait, raide, devant la cheminée. Elle ressemblait à la statuette qui, posée plus loin sur un socle, tenait une pendule. Fière comme les statues qui l'entouraient,

Madame de Villerouge semblait aussi de marbre.

– Alors, c'est vous… Claire, n'est-ce pas ?

– Non ! Éliane.

– Bien sûr, Éliane. J'ai d'abord trouvé étonnant que mon fils m'annonce votre future union comme un fait acquis. Les manières se perdent, même dans une famille comme la nôtre.

Madame de Villerouge retira sa main. Éliane répondit, presque cassante, tant elle était mal à l'aise :

– Gabriel agit comme il l'entend, madame. Personnellement, je n'ai rien demandé.

Madame de Villerouge s'exclama :

– Bien sûr. Bien sûr, cela vous arrange de le faire passer pour « l'homme fort » ! Au fait, je n'ai pas très bien compris ce que vous faites dans la vie. Avez-vous un métier ?

– Je suis étudiante.

– Tiens donc, c'est pratique… Et vous apprenez quoi, au fait ?

– La sociologie.

– Elle est de gauche ? s'offusqua madame de Villerouge en se tournant vers son fils. De gauche ?

– Éliane était championne junior de tennis, je te l'ai dit. Elle ne s'occupe pas de politique.

La mère désigna un fauteuil proche.

– Prenez place ! Votre nom de famille, ma petite Éliane ?

– Svoboda, dit-elle.

Madame de Villerouge avait appris qu'il n'était pas politiquement correct de faire allusion à l'origine étrangère d'une personne. Elle se mit à sourire et se contenta d'une flèche mondaine :

– Pas un nom du Sud-ouest !

– Mais courant en Slovaquie, précisa Éliane.

– Ah, fit madame de Villerouge, il paraît que vous avez des montagnes là-bas…

Elle essayait d'être rassurante :

– Vous-même êtes bien née en France, n'est-ce pas ?

– À Boulogne-Billancourt.

La future belle-mère poussa un soupir de soulagement.

– Vous habitiez à Neuilly, chez vos chers parents, d'après ce que j'ai cru comprendre ?

– Parents ? Hélas, non, dit Éliane. Maman m'a élevée seule. Elle est infirmière dans une clinique de Boulogne-Billancourt.

La future belle-mère se saisit du téléphone intérieur, et demanda qu'on serve le thé et surtout qu'on apporte un verre d'eau pour elle, d'urgence. Gabriel intervint :

– Voilà, maman, comme je vous l'ai dit, Éliane a fait des études très brillantes de sociologie. Cette visite n'est qu'un premier contact. Je vous demande, si vous le voulez bien, de nous inviter tous les deux pour un week-end chez vous à…

Il prononça un nom connu de station pour riches touristes en Espagne. La mère sourit, crispée. Une femme de chambre amena sur une table roulante un plateau d'argent et l'équipement chic pour le rituel du thé. Madame de Villerouge congédia la femme de chambre d'un simple geste. Elle se leva pour servir le liquide précieux, et demanda à Éliane :

– Avec ou sans lait ?

– Sans lait, madame.

– Appelez-moi Julia ! dit la mère. Si vous devenez ma belle-fille, ce sera plus commode.

Elle prit la fine tasse au bord entouré d'un filet d'or, et la tendit à Éliane.

– Voilà ! Un sucre ou deux ?

– Rien, merci.

– Vous savez sans doute que mon fils héritera d'un patrimoine qui fait partie des trésors de la France, et que mon mari est plus influent qu'un ministre. Il est dans le pétrole… C'est un homme au-dessus de tout soupçon.

– J'en suis ravie pour lui, dit Éliane, hypocrite.

Au fond d'elle-même, elle la détestait tellement qu'elle laissa glisser de la soucoupe en porcelaine de Sèvres la cuillère en argent massif. Elle était trop jeune pour avoir pu adhérer au marxisme, ou dans les Brigades Rouges, ou connu Mai 68. Elle était venue au monde dans un système définitivement capitaliste, en rêvant d'être éducatrice au service des « voyous » des banlieues. Elle ne se prenait pas pour une étudiante de vingt-trois ans tombée amoureuse d'un rejeton de la classe dirigeante, même si le garçon était délicieux, respectueux et amoureux : « Je voudrais avoir des enfants, lui disait-il, je t'aime tant ! »

Gabriel semblait ravi, sa mère menait cette première rencontre avec élégance, même s'il ne se doutait pas de ses vraies réactions depuis sa décision d'épouser Éliane. Il s'était refusé à donner un portrait de la jeune femme : il voulait que sa mère assume à la fois la future belle-fille et le siècle.

Julia examinait avec attention celle qui risquait de lui enlever leur fils unique. C'était une belle fille, ressemblant à une de ces redoutables blondes diaphanes de l'Est, alliage de béton et d'acier. Fascinante, ses yeux bleus, suivant l'éclairage et ses pensées, pouvaient virer au vert ou gris. Parfois, son regard ressemblait à de la nacre.

– Nous avons pensé nous installer dans le petit appartement que vous avez mis à ma disposition, précisa Gabriel.

– Petit ? fit Julia. Cent quarante mètres carrés, square Lamartine !

Gabriel rectifia l'appréciation.

– Petit par rapport à ici.

Julia parla à son fils comme si elle était seule avec lui, au mépris total de l'invitée.

– Cette jeune femme m'est sympathique. Elle doit être ravie que, malgré la mode qui fait cohabiter les jeunes gens sans être mariés, tu veuilles bien passer à la Mairie. J'espère que malgré ses idées de gauche, tu accepteras d'adresser des faire-part de mariage, d'organiser une réception ! Nous avons fait un don à la cathédrale Notre-Dame pour restaurer un autel latéral. Pour le mariage religieux, ce serait un joli cadre !

– Pas de mariage religieux, dit sobrement mademoiselle Svoboda.

Julia fut traversée par un espoir fou. Si cette affaire insensée pouvait tourner court sur la question de l'église…

– Ah bon ? De quelle religion êtes-vous, Éliane ? demanda-t-elle.

– D'aucune…

– Ah, dit la mère, sans religion ? Sur le plan pratique, ça se passe comment ? Pas de baptême ?

– Non. Mes parents tenaient à ce que j'aie le libre choix.

– Quel a été votre choix ?

– Le choix de rien.

– Quant à la réception, dit carrément Gabriel, parce que nous voulons liquider l'affaire de la Mairie rapidement, si tu n'y vois pas d'inconvénients, on s'en passera !

Que vont penser les « meilleures amies » au moment du bridge ? Comment s'en expliquer devant le milieu snob du haras qui entraîne son *canasson* à pedigree ?

– Soit, mais vous convenez que votre position est incompréhensible pour quelqu'un de normal ! Si vous êtes si moderne, si vous voulez vous dispenser de mon milieu social, de mes relations, pourquoi donc vous marier ?

– Vous voulez connaître la vérité ? demanda Éliane. Ma grand-mère et ma mère ont été plaquées par leur amant. De cette relation, elles n'ont gardé qu'un enfant sans père. Alors maman m'a fait jurer de me marier dans les règles, si j'ai le projet de vivre avec quelqu'un sous le même toit.

Julia dut déposer sa tasse et sa sous-tasse pour ne pas trahir une fébrilité bien compréhensible. Son mari vivait de l'autre côté de l'avenue Foch dans un appartement semblable à celui-ci. Trois ans plus tôt, atteints du syndrome de la « fille de vingt ans », M. et Mme de Villerouge s'étaient séparés, pour n'être plus séparés que par cette avenue. Et leur fils allait s'en aller avec une Mademoiselle Svoboda.

– Vous pouvez venir quand vous voulez chez nous en Espagne, dit-elle. Mon mari nous y rejoindra.

– Dès le week-end prochain, si vous voulez, dit le fils. Comme cela nous nous marierons quinze jours plus tard.

* * *

Arrivés près de Malaga dans la limousine qui les attendait à l'aéroport, Gabriel tenait la main d'Éliane. Il voulait tout lui montrer de la propriété : sa richesse insolente, les filtres en bronze et en or de la piscine. Gabriel n'avait jamais rencontré que des filles intéressées. Il n'était ni beau ni laid, ni trop grand ni trop petit, il était moyen en tout, voire médiocre, sauf en matière d'argent ! Éliane était la première désintéressée, il ne fallait donc pas l'effaroucher. Elle savait tout faire, avait-elle dit lors de leur premier dîner dans une pizzeria. « Licenciée es-lettres, je parle aussi trois langues et je sais utiliser n'importe quel aspirateur ou ordinateur… Je peux être aussi bien femme de ménage que femme de confiance. Je gagnerai toujours ma vie et je resterai toujours libre. »

– Tu n'auras besoin de rien, lui avait alors dit Gabriel. Tu n'auras qu'à demander.

Éliane s'était mise à rire : « C'est justement le problème ! Je ne demande jamais rien. Plutôt crever que demander.

– Que faire quand on rencontre une fille qui ne veut rien, sauf le mariage civil pour cause de malédiction familiale ?

– L'aimer. Si tu le veux bien, je divorce aussi facilement. Mais si nous avons un enfant, son avenir doit être assuré.

Entre Malaga et la propriété isolée, une route sombre longeait les collines, soudain enflammées.

– Il y a un feu, s'inquiéta Éliane.

– Non, fit Gabriel, ce sont seulement les feux de Bengale de maman. Des lumières puissantes entourent la propriété. Mes parents ont commandé une fabuleuse installation électrique ; on peut illuminer chez nous comme à Las Vegas.

Ils se retrouvèrent bientôt devant une grande maison ocre. Julia les accueillit au salon d'une accolade sans conviction à Éliane, et leur montra elle-même leur chambre. Un nombreux personnel se tenait « opérationnel » à la demande.

Le lendemain de leur arrivée, ils descendirent dans la salle à manger prendre leur petit déjeuner avec Julia ; son mari était annoncé pour le soir.

– Pour fêter votre union, nous improvisons une réunion de famille, dit Julia.

Elle jouait trop mal pour qu'on la croie apaisée. Elle guettait la « fiancée » qu'elle sentait un peu troublée, surprise par l'atmosphère, comme asphyxiée. L'immense demeure était organisée comme un petit palais. Dans la fontaine du patio se baignait un joyeux satyre en bronze. Sous chaque assiette, un tissu épais brodé protégeait le marbre éclatant de la table de la salle à manger. Cette vie était luxe et précaution. À l'arrivée du père, Éliane jugea trop lisse ses manières et son visage.

Monsieur de Villerouge sourit, au fond de lui, à la pensée que sa propre petite amie devait bien avoir l'âge de la fiancée de son fils. Éliane était belle. « Jamais mon fils ne tiendra au lit avec cette fille ! Elle est du genre à dévorer les hommes. » Il était profondément frustré. Malgré ses usines à l'Est, ses différents tours du monde et ses contrats mirifiques, malgré tout cela, il n'avait jamais réussi à satisfaire une de ces filles du Nord. Elles donnaient du plaisir, mais elles se le refusaient, le considérant comme un pourboire. L'absence de mariage fastueux et la simplicité l'arrangeaient. Il fallait juste trouver une situation pour caser son fils.

Dehors, la chaleur était lourde. Éliane avait déjà nagé dans la piscine. Un adolescent espagnol avec son filet se penchait parfois sur la surface de l'eau pour en attraper les feuilles mortes et les moustiques. Allongée sur une chaise longue à l'ombre, Éliane comprenait enfin l'origine de son angoisse. Il manquait des animaux vivants. Sur ces territoires où chaque brin d'herbe et chaque caillou étaient lustrés, soignés, polis, plus rien n'était vivant. Le jardinier, soucieux de satisfaire ses patrons, empoisonnait la terre avec des insecticides. Sur la bordure du gazon stérilisé, pas une fourmi, pas un lézard ...! Elle se croyait dans un univers artificiel, sans odeur, juste aux couleurs très vives.

Pendant le déjeuner, elle portait des lunettes noires.

– Les yeux clairs ne supportent pas une telle lumière, n'est-ce pas ? demanda le père.

La jalousie torturait l'estomac de la future belle-mère. « Installer cette fille d'un milieu social si inférieur dans ce palais. Quelle époque ! »

– Quelle est cette viande ? demanda le père à Julia.

– C'est de l'agneau de lait.

Éliane s'était trouvée dégoûtée par cette seule évocation des agneaux gambadant et réclamant encore leur mère. Plutôt que de manger leurs petits corps découpés, elle se contenta d'un fagot de haricots verts habilement noué. L'éclat de la table sous le soleil lui tirait d'autres larmes, malgré ses lunettes noires.

– Vous n'avez pas de chien ? demanda-t-elle juste pour entendre sa propre voix.

– Pas d'animal ici, dit Julia. Ça fait des saletés. J'ai un sublime potager. J'ai mes fleurs. Un animal les dérangerait.

Elle ajoutait toujours « mes » pour rappeler au père, qu'en cas de divorce, tout lui reviendrait à elle. À ce moment-là apparut une mouche, virevoltant au-dessus de la table. Éliane crut que c'était un point noir dû à l'état de ses yeux, mais Julia sursauta, affolée :

– Vous avez vu ? Une mouche !

L'insecte revint. Éliane le trouva tout petit, tout frêle, innocent comme un bébé mouche qui avait dû survivre aux insecticides, aux pulvérisations, aux attrape-mouches déposés dans tous les coins de la propriété. La mouche était une survivante. Julia se tourna vers la femme de chambre.

– Pilar, il y a une mouche !

Gabriel intervint :

– Qu'est-ce que ça peut te faire une mouche, maman ?

– C'est l'horreur, fulminait Julia, je ne supporte pas les insectes.

– Qu'est-ce que tu supportes ? demanda le père.

Avec une grande serviette, Pilar balayait l'air pour faire peur à la mouche. Julia n'avait plus de voix, elle commanda au valet :

– Rodrigo, déposez la mousse de carottes. Tuez-moi cette mouche !

Julia levée, balança dans l'air son écharpe en pure soie ; Pilar agitait sa serviette ; Rodrigo chassait la mouche avec de grands gestes de ses bras… Le père fit semblant d'ignorer l'affaire et continua sa conversation avec Éliane.

– Ma femme est sensible aux insectes. Quand Gabriel était enfant, elle vivait un vrai martyre. En bonne mère, elle surveillait les nurses. Il ne fallait pas que le petit soit sale. Même pas une miette sur lui.

Gabriel intervint :

– Mais foutez la paix à cette mouche ! Laissez-la vivre cette mouche : c'est peut-être la mère d'une future génération de mouches !

Éliane se tourna délibérément vers le père :

– Je suis navrée que votre épouse puisse se mettre dans cet état.

Inconsciente, la mouche suicidaire revint vers la table dont la surface en marbre allait devenir une pierre tombale. « Ci-gît la mouche que l'argent réussit à tuer ».

– Vous permettez ? dit Éliane. Je vais me retirer dans la chambre, ici il fait un peu chaud.

Au premier étage, elle se mit à vomir. Elle jeta ses affaires dans un sac de voyage. Avec son téléphone portable, elle s'assura auprès de l'aéroport de Malaga qu'il y avait bientôt un vol pour Paris.

Sur le palier, elle entendit les bruits du rez-de-chaussée.

– Elle s'est sauvée, hurla Julia, hystérique. Mais vous êtes tous des incapables ! Cette mouche finira par contaminer la maison !

Éliane descendit vers les cuisines, retrouva Rodrigo qui riait en se tapant sur les cuisses : « Juste à cause d'une mouche, elle est folle ! »

Éliane prit deux billets de cinquante euros qu'elle avait en réserve dans son sac à main.

– Rodrigo, vous avez votre propre voiture ?

– Oui.

– Vous m'amèneriez à l'aéroport de Malaga ? Mais tout de suite ?

– Bien sûr, dit Rodrigo.

Il ajouta :

– On savait ici, à la cuisine, que vous n'alliez pas rester. Rejoignez ma voiture par derrière ! Le temps qu'ils courent après la mouche, on sera déjà loin.

Dans la voiture, Éliane demanda à Rodrigo :

– C'est quoi ces gens-là ?

– Des *loco* !

– Ça veut dire « fous », n'est-ce pas ? demanda Éliane.

– Fous, répéta Rodrigo, mais tous déjà enterrés sous leur argent.

La Grotte

De plus en plus taciturne, sa révolte couvait depuis des années, et sa décision était prise. Il attendait seulement le moment propice pour s'adresser à toute sa famille : sans doute un soir de la semaine quand ils seraient tous réunis autour de la table de cette belle cuisine qu'avait exigée sa femme. À l'époque où ils avaient décidé de faire construire leur maison, penchée sur les plans, elle avait été catégorique : « Ma vie se passe dans la cuisine. Je la veux confortable, spacieuse, et j'exige que toute la famille y dîne ensemble et souvent. »

Hubert, mari modèle, était considéré par ses relations comme un homme ayant réussi. Frontalier, cinq fois par semaine, il continuait à prendre son travail chez un opticien côté suisse. Mais il se sentait depuis longtemps étranger à cette activité quotidienne dont il était à la fois acteur et spectateur. Il traversait la douane en habitué.

En passant ce jour-là de la Suisse « magnifique » à la France « resplendissante » – à en croire les catalogues touristiques, il fut un peu retardé par le trafic. Pensif, il attendait dans sa Clio, « qui avait tout d'une grande ». Il arrivait à Hubert de parler comme dans les publicités qui saturaient l'espace du cerveau de sa famille toujours passive devant la télévision. Hubert réfléchissait à sa vie qui semblait en apparence équilibrée bien que routinière. Même les douaniers ne sondaient plus son coffre fort ; il n'attirait plus leur attention, ni aucune autre attention…

Hubert avait l'habitude de parcourir calmement les vingt kilomètres qui le conduisaient à sa maison, autrefois isolée. Ce soir-là, nerveux et amer, il retrouva ce domicile pour lequel il avait dépensé trente-deux ans d'économies, de restrictions quotidiennes ou de frustrations hebdomadaires, de projets de voyage impossibles, de rêves interdits refoulés. À l'époque il était bien d'avoir une maison pour sa famille, de lui assurer une vie convenue où l'on osait encore exiger des grands adolescents qu'ils rentrent pour dîner. « Parce que, vous savez, ici ce n'est pas un hôtel. Si vous ne pouvez pas revenir pour le dîner, vous devez prévenir, parce que votre mère prépare le repas, et après nous devons rester tous les deux avec les portions qui vous étaient destinées. »

Depuis plus d'un an, l'attitude des trois adolescents – un garçon et deux filles – était devenue un sujet de discussion. Comme un sol qui commence à se fissurer, Hubert savait que cette quiétude illusoire imposée sous la contrainte, ne tiendrait pas longtemps.

En entrant dans son garage, il se demandait précisément si ses enfants étaient déjà à la maison. Sa dernière dépense importante avait été la porte automatique qui se levait et se baissait grâce à une télécommande. Il éprouvait un certain plaisir à faire fonctionner ce nouveau système. Ce simple petit geste suffisait à le combler d'aise. Il avait pu se payer une vie de Monsieur-tout-le-monde et vivre la vie ordinaire de ses voisins : dans cette époque ordinaire, pas de risque de créer des méfiances. Dans ce train-train, on ne se demande pas où va sa vie, ni d'où elle vient.

Autrefois, il avait été élevé par un grand-père qui aimait la solitude et la nature de l'Auvergne profonde. À en croire les villageois, il passait pour un original. Doté d'une rente revalorisée chaque année, il avait eu la charge d'élever son petit-fils, faute de mieux. Il fallait bien que quelqu'un garde cet enfant. Ainsi Hubert avait parcouru les chemins de cette partie de l'Auvergne avec ce grand-père qui passait à ses yeux d'enfant pour une force de la nature et un héros. Il fréquentait les passages détournés, les falaises qui semblaient lisses de loin, mais qui recelaient vues de près des brèches subtiles et mystérieuses. Comme dans un conte de fées, on pénétrait dans ces fentes « grandeur nature » pour découvrir les secrets des rochers de basalte. C'était beau, l'enfance et la liberté !

Maintenant, même dans son garage, Hubert devait fermer les portières de sa voiture à clé. Les voisins racontaient des histoires de voleurs qui enlevaient les pneus, les jantes aussi. Dans une rue, côté suisse, on avait volé son autoradio qu'il ne regrettait pas. Sur les routes où souvent la circulation était ralentie, cette radio ne lui apprenait que des horreurs. La dernière fois, il avait appris qu'à l'île de la Réunion, on volait des chiens, on les accrochait tout vivants sur des hameçons avant de les jeter dans l'eau. L'animal, dans son agonie, se débattait et attirait ainsi les requins qu'on pouvait commercialiser ensuite en pâtés, et céder les ailerons aux restaurants chinois. Et s'il était lui aussi un de ces chiens accrochés à un hameçon, frétillant entre son bonheur familial et son travail ? Il exécutait ses tâches avec une parfaite conscience professionnelle, spécialisé dans le travail des verres à double foyer. « Vous savez, il n'y a plus de gens comme Hubert. Ça se perd. Les jeunes actuels ! »

En rentrant chez lui, c'est-à-dire dans la cuisine de sa femme, il la vit, comme dans une image d'Epinal, « femme au foyer », « femme au fourneau », même si la cuisinière était en réalité électrique, du modèle le plus performant.

– Salut, Henriette…

Il faillit ajouter en marmonnant : « chère Henriette », mais il n'avait pas envie d'être poli ce soir, ni aimable. Il se sentait à peu près comme le condamné à mort à qui une autorité hautaine aurait dit : « Dans dix minutes, on vient vous chercher. » Leur fille Anémone était déjà revenue de sa journée de travail. Elle avait vingt ans, et Hubert craignait de la regarder : l'ancienne petite fille était devenue une femme avec son petit ventre rebondi. On aurait pu la croire enceinte. « Mais non, avait dit Henriette. Les filles actuellement ont du ventre. C'est comme ça. Anémone ne devrait pas manger autant de pain. » Elle avait deux grands anneaux dans les oreilles, du rouge à lèvres légèrement défraîchi. Malgré son amour pour sa famille, Hubert, en regardant sa fille, se disait : « Si elle était une prostituée en herbe, je ne voudrais même pas d'elle. »

L'aîné des garçons était aussi rentré, il s'appelait Kevin. Le plus petit, Yan, avait dix-sept ans et une âme de rebelle. Cette attitude se traduisait par des lacets de baskets qui traînaient. Ils étaient ce soir tous polis et à l'heure, parce que Hubert leur avait dit qu'il allait leur annoncer une nouvelle.

Ils ne se donnaient plus la peine de se faire des accolades. Anémone avait juste tendu une joue distraite à son père qui l'avait effleurée, content de manifester ainsi son affection.

– Je vous sers ? demanda Henriette.

– Bien sûr.

La mère commença à remplir un plat profond de pommes de terre rissolées. À côté, dans une casserole large, bruissaient des morceaux de viande, un ragoût. « Ragoût de mouton ? Ragoût de veau ? » se demanda Hubert.

– Henriette, ce que tu nous as préparé est *fan-tas-tique*.

– Merci, dit-elle.

Elle ôta son tablier entre le plan de travail et la table où ils allaient dîner. Elle resta en chemisier et en jean, transformée en invitée. Kevin avait le nez dans son assiette, Yan regardait distraitement vers la télévision, pourtant éteinte à l'heure des repas selon les consignes absurdes de son père. La fille venait de glisser sous sa chaise une publication spécialisée dans le monde des « people ». « Bravo, se dit Hubert, là au moins, ils respectent encore mon interdiction. » Il prit deux morceaux de ragoût, les coupa en plusieurs parties, en mit une bouchée dans sa bouche, qu'il mâcha avec application, puis prononça :

– Je voulais juste vous dire, ce soir, que je vais m'en aller.

– En voyage ? demanda Henriette.

– En quelque sorte.

– Je peux te demander où tu vas ?

– Je vais vous quitter. Je vais aussi quitter la maison.

Sa double détermination les laissa immobiles d'étonnement, puis les regards se dirigèrent vers lui. Hardi, il prononça :

– En trente-deux ans, j'ai payé la maison. Elle vous restera sans aucune charge. Je vais garder la moitié d'une pré-retraite modeste pour couvrir mes frais…

– Comment vas-tu la partager ? demanda Anémone qui n'oubliait pas pour autant l'essentiel. Si tu t'en vas, ta rente arrivera ailleurs.

Anémone avait toujours eu le sens pratique.

– Ce n'est pas le problème immédiat, dit Hubert. Je voulais juste vous dire que j'ai assez d'économies pour laisser un compte à votre mère, qui prendra soin de le dépenser avec précautions. Après, vous n'aurez plus rien de moi. Notre affaire est terminée !

– Ça veut dire quoi, « notre affaire » ? demanda Henriette.

– Ça veut tout dire : les fiançailles, le mariage, les enfants, la maison, les plans de la cuisine qu'on a choisis ensemble. On était d'accord pour tout, même pour acheter les trois cents mètres de terrain derrière chez nous pour écarter le risque d'un voisinage.

– Et toi, demande Henriette, qu'est-ce que tu vas faire ?

– C'est un secret qui ne vous regarde plus. Imaginez plusieurs hypothèses. Soit je suis mort, alors vous m'enterrez, vous disposez d'un modeste héritage, et votre mère peut rester dans la maison autant qu'elle veut : tout cela n'est pas un problème. Vous vous contentez de venir une fois par an mettre quelques fleurs sur ma tombe. Soit je pars vivre ailleurs et vivre différemment. Je vais faire le tour du monde, et je retiens cette hypothèse.

Avec impertinence, Kévin leva la tête et dit :

– En ballon ?

– Non, fit Hubert. Peut-être en voiture ou, ce qui serait le mieux pour moi, en bateau.

– Parce que tu te sens capable de naviguer sur un bateau ? ironisa le jeune Yan en haussant les épaules. Tu nous as dit un jour qu'à la seule vue d'un bateau, tu avais déjà le mal de mer.

– Et si je vous avais dit n'importe quoi ? Et si j'étais un excellent navigateur ? Je sais ce que je suis capable de faire, et je ne risque pas de vous le dire parce que ma liberté dépend de ma discrétion. Je désire utiliser les années qui me restent pour mon seul et pur plaisir.

– Pur plaisir ? demanda Henriette. Avec la moitié d'une retraite, parle plutôt de plaisir « modeste » !

– Oui, dit Hubert. Tout dépend du lieu où l'on cherche son plaisir et quel est le prix de ce plaisir. Quant à moi, je le sais exactement.

– Tu veux te suicider ? demanda Kevin, pratique.

– Pas du tout. Je vous aime. Vous êtes une utopie réussie : la famille unie. Mais je n'en veux plus. Je ne veux plus ni femme, ni enfants, ni maison, ni garage avec une porte automatique… Dans les histoires de ce genre, ajouta Hubert, normalement, le père de famille devient fou – c'est le terme utilisé par la police – et finit par décimer sa famille. Il tue tout le monde. Je devrais te tuer toi, ma chérie, Henriette, et toi, et toi, et toi, en gardant la dernière balle pour moi…

Il désignait les trois adolescents.

– … Eh bien, continua-t-il, je ne veux tourner d'arme ni contre vous ni contre moi. À la fois, vous n'êtes pour rien dans ma décision et vous y êtes pour tout : vous, cette maison et votre présence précieuse au repas familial, circonstance de plus en plus rare. Mais vous avez bouffé ma vie peu à peu. D'une manière très précise. Cependant, vous m'auriez manqué si je ne vous avais pas eus. Rétrécie, ma vie s'est bornée à l'atelier, au lit conjugal et à vous autour de cette table. En vérité, je voulais être un aventurier…

Anémone eut la maladresse de pouffer de rire.

– Je ne rirais pas, à ta place, Anémone. Dans les faits divers repris dans les journaux, on lit : « Et il fut soudain pris d'une rage inexplicable… ». Un rire comme le tien peut suffire à la déclencher. Mais je ne veux pas de rage. Je veux juste m'en aller, certain que vous ne saurez jamais où je suis.

Il les regardait attentivement. Il n'envisageait pas d'être l'auteur d'un de ces drames sur lesquels la presse aimait se répandre : un père de famille apparemment sans histoire avait massacré toute sa famille, puis s'était donné la mort. Une fin aussi sanglante ne l'intéressait pas du tout. L'évocation d'une telle scène l'envahissait d'un sentiment de culpabilité. « Il ne ferait pas de mal à une mouche », disaient de lui ses collègues. Il n'aurait d'ailleurs pas réussi tellement il était maladroit : il tapait toujours à côté.

Son profond dégoût de tout ce qui l'entourait tenait à sa hantise d'être regardé. Cet opticien de grande précision était entouré d'une famille où tout le monde portait des lunettes. Depuis qu'ils étaient au monde, du plus petit au plus grand, ses trois enfants le regardaient à travers des verres plus ou moins épais. Il voyait leur regard avec des yeux d'opticien : comment il fallait porter les lunettes, les redresser quand les enfants les maltraitaient. Il ne quittait son atelier que pour gagner l'« atelier » familial où il était souvent agacé quand sa femme ne voulait pas mettre ses lunettes, et s'obstinait à lire son journal les bras tendus tout en prétendant que sa vue demeurait excellente, mais… « Ne discute pas, lui répétait-il. Je vais te préparer des lunettes. » Ce soir, autour de cette table, quatre paires de lunettes étaient braquées sur lui. Il répéta : « Je vais vous quitter. » Personne ne le prit au sérieux.

Quand il eut mis de l'ordre dans tous ses papiers personnels et professionnels au point de décourager l'administration la plus tatillonne, il donna sa démission et comme adresse pour son courrier une boîte postale au fin fond de l'Auvergne, dans un patelin inconnu. On ferait suivre à un guichet, chez l'épicier d'un village de neuf cent soixante habitants, aux maisons plus ou moins abandonnées attendant que des acquéreurs anglais les restaurent avec soin et parfument le matin ses ruelles d'odeurs d'œufs et de bacon cuits. Au bout de ce village, une église étroite était entourée de jardins sauvages. Avec son grand-père, Hubert avait parcouru, du temps de son enfance, tous ces chemins qu'ils appelaient de « montagne », alors qu'il ne s'agissait que de hautes collines.

Sûr de ne plus être dérangé par personne, loin de tout son petit monde, il décida de s'installer dans une de ces maisons. Au cours de ses pérégrinations dans ce village, il entendit parler d'un loup qui aurait l'habitude de parcourir les collines. On en parlait comme d'un fauve vindicatif qui se serait égaré ici dans le but de s'acharner sur les quelques moutons que des bergers négligents laissaient se disperser tôt le matin et retrouvaient difficilement le soir.

Hubert avait décidé de prendre un chien, un bâtard aux yeux mouillés d'émotion, rencontré dans une SPA de Clermont-Ferrand. Il avait été marqué par le regard de ce chien, premier regard sans lunettes, et qui ne risquait pas de lui en réclamer.

Au volant d'un pick-up, à Clermont-Ferrand, il prit le chien, qu'il invita à s'asseoir à ses côtés. La place de l'accompagnateur était occupée pour une fois par une bête et pas par un être humain susceptible d'ordonner : « Plus vite ! », « moins vite ! », « tourne à gauche ! »

Les membres de sa famille avaient dressé sa nature paisible. Autrefois il était pour eux la bête de labeur. Il partait travailler le matin, revenait le soir. On savait vaguement qu'il devait déjeuner entre midi et une heure, sinon beaucoup plus tard après son travail. Hubert ne servait plus qu'à gagner de l'argent, payer les notes, amortir les crédits, accepter l'achat d'une autre cuisinière encore plus moderne. Il servait à tout payer, Hubert.

À Clermont-Ferrand, il acquit aussi dans une quincaillerie tous les outils et appareils dont il pourrait avoir besoin dans la petite maison. Il prit aussi des lampes à pétrole : cette masure n'avait pas encore l'électricité, seulement l'eau courante.

Hubert ne voulait plus de contact avec son précédent entourage. Dans sa nouvelle vie, une voisine débordante de chair et d'amabilité était venue les premiers jours vers lui : « Si vous avez besoin de quelque chose, vous n'avez qu'à me demander. » C'était une de ces femmes en recherche permanente d'un homme disponible. Lui, plutôt bien habillé, jeune pour un retraité, mais plutôt vieux pour un conquérant, était tombé dans ce village comme venant d'un autre monde.

Ce nouveau venu vivait sous l'œil de voisins qui surveillaient ses déplacements, interrogeaient ses va-et-vient en camionnette, commentaient ses câlins au grand chien. Ils se demandaient comment aborder ce nouvel intrus, occupant désormais les lieux sans raisons apparentes. Même le curé, un des rares qui habitait encore le village, lui rendit visite pour lui demander s'il était catholique ou protestant, lui rappelant dans ce cas, qu'il ne devait pas oublier les bonnes œuvres s'il voulait ménager le salut de son âme.

Un matin, tôt, une femme seule était arrivée en courant du village avec un enfant de six ans dans les bras. Elle demanda à Hubert de les transporter à l'hôpital le plus proche. « Vous êtes la seule personne libre, avec une voiture. Vous êtes bon et gentil, amenez-nous ! » Cette femme avait l'intention de s'incruster dans la vie de cet homme avec son enfant. Lui, en avait déjà élevé trois. Il avait fait tous les châteaux de sable possibles. Le début de son mariage l'avait saturé de seaux, de pelles et de petits vélos. Ses pensées le conduisaient plutôt à s'évader à l'autre bout du monde, tout en creusant des tunnels et des minuscules fossés attendant l'arrivée de la mer à l'occasion de vacances inévitables. Maintenant, il n'avait plus de patience en réserve pour d'autre enfant ou pour des seaux, des pelles, ou de quelconques guili-guili.

Il recherchait mentalement sa propre absence. Qu'on parle de lui comme s'il était mort. « Il est parti, papa ! » « On n'aurait jamais pensé qu'il puisse nous quitter comme ça ! », « Hubert était peut-être un homme très bien, mais vous n'imaginez pas comme il pouvait être ennuyeux », déclarerait sans doute sa femme.

Il souhaitait qu'on l'oublie, parce que l'idée même de ne plus exister pour les autres lui aurait procuré le soulagement de ne pas avoir jugé un passé aussi minable, constitué d'autant de rêves avortés : des tours du monde en bateau, en vélo, en ballon, la visite de la Chine à pied. Qu'est-ce qu'il lui restait de ces rêves d'aventures ? Rien ! Rien !

Alors, un jour, avec sa chienne Diva qui n'était ni myope, ni presbyte, mais amoureuse, Hubert partit à la recherche d'une de ces grottes où son grand-père l'avait amené quand il avait cinq ans, autrefois. Le souvenir du lieu était vif, même si le chemin qu'il cherchait avait été maintenant balisé et aménagé. Quand il était enfant, il se souvenait bien des cailloux qui dégringolaient de tous les côtés. Maintenant, tout semblait si ordonné… « pour mieux accueillir les touristes », pensa-t-il, contrarié. Après avoir contourné quelques rochers, à peu près vers quatre cents mètres d'altitude, et au bout de sa nostalgie, il retrouva entre deux petites falaises, au fond d'un couloir naturel, la grotte du grand-père.

Il y découvrit même un graffiti fait naguère avec le couteau de son grand-père, sur un des murs qui avait gardé paradoxalement un côté lisse. Les quelques lignes qu'il avait gravées quand il était gosse, lui semblaient mises en valeur alors qu'il ne s'agissait que d'un simple dessin d'enfant. Il examina autour de lui, satisfait. « Cette grotte est suffisamment grande pour que j'y emménage. » En quelques jours – parce qu'il fallait arrêter le pick-up en bas de la colline –, accompagné de Diva, il remonta les objets, les casseroles, un petit appareil de chauffage au gaz pour l'hiver. Le plafond haut de la grotte se perdait dans l'obscurité au point qu'il n'en devinait même pas la structure. Mais quel fabuleux sentiment de sécurité, ici, loin de sa famille et du monde ! Hubert n'avait pas hésité à s'installer sous cette voûte, ne serait-ce que pour quelques mois. Il ferma la masure dans le village.

Il apporta son lit pliant. De caisses, il fit une table de chevet sur laquelle il mit sa lampe à pétrole. Il se servait d'un bac pour ses besoins naturels. Au petit cours d'eau voisin, il pouvait remplir des cruches et se laver les mains et le visage. À la lumière de sa lampe à pétrole, il pouvait même lire

Il vécut ainsi en Robinson, pendant trois semaines. Il faisait des rêves réjouissants où il était resté homme mais sans pénis, et se vautrait dans les bras de filles nues et sans visage. En s'endormant presque dévêtu, il se réveillait en pleine nuit, regardait sa pendulette à la lueur de son briquet, allait vider sa vessie, buvait au goulot, se plantait à l'entrée de la grotte, appelait Diva, qui revenait de ses escapades nocturnes. « Si elle était fécondée par un loup, je pourrais avoir une nichée de petits bâtards, une vraie famille… » Il avait fait assez de provisions avant de s'installer dans la grotte. Parfois, il déjeunait d'une boîte de sardines, ou se contentait de croquer des morceaux de sucre, le soir.

Peu à peu, il fut gagné par une sensation de sérénité. Le souvenir des messes obligatoires refaisait surface, il se voyait, enfant de chœur, tirer la langue pour recevoir l'hostie. Il était persuadé que Dieu le regardait. Jusqu'ici, il avait trouvé que les êtres humains qui parlaient de Dieu étaient des monstres d'égoïsme. « Comment chacun peut-il penser que Dieu s'occupe de lui ? » Maintenant autonome, il était devenu la star de sa propre vie. Il avait l'impression qu'il était seul au monde, et qu'ainsi Dieu pouvait le regarder, à la fois avec indulgence et une certaine tendresse, parce qu'il restait le dernier de l'espèce, lui, Hubert.

Un matin de mi-septembre où le temps était déjà un peu frais, Hubert avait mis deux gros pull-overs de son ancienne vie, et avait fait une espèce de rideau à l'entrée de la grotte avec trois couvertures qu'il rabattait pour se sentir un peu plus protégé des courants d'air. Diva se mit à geindre. Il quitta son lit pour tirer le rideau. Il était déjà neuf heures, il faisait clair, l'air était bon, limpide.

Devant lui surgit le cauchemar absolu. Il crut qu'il n'était pas bien réveillé ; il n'en croyait pas ses yeux : sa femme et ses trois enfants étaient assis, à quelques mètres de l'entrée de « sa » grotte. Ils étaient muets, leurs regards à lunettes braqués sur lui. Le fils aîné avait posé son ordinateur portable ouvert sur les cailloux. Hubert s'exclama :

– Que faites-vous là ? Comment avez-vous pu me trouver ?

Henriette se leva, vint vers lui, mais ne l'embrassa pas.

– Hubert, dit-elle, comment peux-tu nous exposer à ça ? Nous sommes maintenant ridicules, pas seulement devant toute la France, mais partout. Le monde est devenu petit !

– De quoi parlez-vous ? Comment m'avez-vous retrouvé ? Que faites-vous ici, dans ma grotte ?

Anémone se leva :

– Est-ce que je peux entrer chez toi ? Comme ça, je ferai partie du spectacle, moi aussi.

– De quel spectacle parles-tu ?

– C'est un site Internet qui nous a conduits vers toi. Cette grotte a été aménagée pour le concours « À la recherche d'un monde perdu », avec ses caméras infrarouges installées tout en haut de la voûte, elle est restée vide pendant des mois. Ceux qui venaient sur le site ne voyaient jamais personne et abandonnaient. Les visites se raréfiaient, jusqu'au moment où tu t'es installé. Alors là, ç'a été le succès au profit de ceux qui ont conçu ce site. Les gens paient pour regarder toute la journée et toute la nuit ce que tu fais. L'objet du concours porte sur le retour à la nature. Qui sera le premier être humain à vouloir rompre, totalement rompre, tous ses liens avec le monde ? Ça a été toi, papa..., le lauréat du retour... au ridicule.

Elle faillit presque pleurer.

– ... Tu sais, à l'université, on se moque de moi parce qu'on a découvert maintenant que le nouvel homme de Neandertal, c'est mon père. Tu aurais pu penser à nous avant de t'exposer ainsi à la risée de tous, et de nous humilier.

Hubert vint vers eux. Sa poitrine se remplit d'une immense douleur. Il poussa un cri monstrueux au point de faire fuir Diva. Il n'avait pas réalisé pourquoi l'ancien chemin avait était aménagé, ni qu'il était entouré d'électronique cachée dans la voûte, qu'il était regardé avec des lunettes en forme de caméra.

– Prenez le chien avec vous ! hurla Hubert. Je n'aurai plus la possibilité d'avoir même un chien. Partez d'ici ! Partez au diable ! Partez...

Anémone se tourna vers son frère et dit :

– Tu crois que papa est à l'écran ?

– Ce serait mieux s'il pouvait reculer un peu en criant comme ça…

Hubert vint donner un coup de pied à l'ordinateur de son fils. Ils partirent tous, ahuris, et la mère dit en bas du chemin :

– Je ne pensais pas qu'il deviendrait en plus malade mental.

– Mais, maman, dit Anémone, comment peux-tu croire qu'il aurait pu rester raisonnable en se séparant de nous ? Nous étions toute sa vie.

– Qu'est-ce qu'il va faire, maintenant ? demanda Henriette.

– Il va revenir. Tu vas voir, il va revenir. Au fond de moi, je l'aime bien, papa…

Des années après, on parlait encore de l'homme qui avait quitté la grotte et était parti à la recherche du dernier loup qui n'avait pas encore été sacrifié par des bergers indignés. En effet, lors d'une fin d'après-midi, en rampant pour ne pas l'effrayer, Hubert avait pu s'approcher du loup qui avait une patte cassée et bougeait avec peine. Hubert portait un sac équipé d'une trousse de premiers soins, de boîtes de conserve et de quelques biscottes. Il pansa la patte blessée du loup qui n'avait plus aucune force pour se défendre. Hubert prit sa gourde et en ajusta le goulot dans la gueule du loup. Celui-ci ressuscitait en buvant. Comme il était très fatigué, Hubert s'allongea, et posa sa tête sur le flanc mouillé et pelé de la bête. Celle-ci le renifla. Pour la première fois dans sa vie de loup, il venait de rencontrer un être qui méritait d'être appelé « humain » !

Être aimé(e) par sa famille

Jeanne avait suivi l'Ecole hôtelière après son bac. Elle avait appris à faire une cuisine raffinée et variée, et organisait des réceptions comme une véritable artiste. Sa recette secrète était l'injection de cresson mélangé à de l'azote dans une coquille d'œuf. Ce genre de plat ne tenait pas la route. Son patron avait fait faillite après avoir été spécialiste de préparations, du genre « tranches de truffes agrémentées de bave de crapaud étranglé à la pleine lune ». Devenue sans emploi, Jeanne avait épousé un fonctionnaire auprès duquel elle jouait le rôle de la femme idéale. Elle avait réalisé son rêve : avoir à la fois une famille et son indépendance.

À la mort de son mari, elle avait convenablement élevé une aimable petite famille. Après les soubresauts de l'adolescence, ses deux filles étaient devenues des jeunes femmes libres qui vivaient, couchaient, aimaient, rompaient.

À la fin de sa vie, Jeanne vivait d'une petite retraite dans son appartement du XVIIe arrondissement. Tous ses biens avaient été dépensés pour ses enfants, y compris deux studios achetés à leur nom dont elle avait payé les remboursements pendant vingt ans : « Il faut que mes filles soient libres et indépendantes ».

Son fils Timothy avait des besoins impérieux. Il ne portait que des vêtements de marque et voulait une moto. Ce petit dernier aurait dû être un trésor, mais c'était un « trésor » un peu *fake*, comme disent les Américains, c'est-à-dire artificiel. Ses filles ne téléphonaient qu'une fois par semaine à leur mère. L'une d'elles, secrétaire de direction, entretenait une liaison banale avec son patron. L'autre, étonnamment solitaire, présenta un jour à sa mère sa meilleure copine, Gertrud. Jeanne sut ainsi qu'elle était devenue une mère à la mode.

Suivant ses principes, elle s'était dévouée à ses enfants autant et aussi longtemps qu'elle l'avait pu.

Timothy s'était engagé dans une colocation avec deux autres filles. Cet enfant était séducteur, grand, sportif mais pas très intelligent. Jeanne avait longtemps payé son loyer jusqu'au moment où elle découvrit qu'avec ce niveau de frais, elle risquait de manquer d'argent. Si elle venait à tomber malade, comment financerait-elle les aides ?

Un jour, elle jouait aux cartes – elle faisait une patience. Elle avait aussi aligné tous ses anciens billets de loterie auxquels elle jetait parfois un coup d'œil. Sa fille Clotilde la surprit devant cette table ainsi recouverte de jeux de cartes et de billets de loterie.

– Maman, je ne savais pas que tu jouais à la loterie.

Elle répondit machinalement :

– Depuis toujours, dans l'espoir de gagner beaucoup d'argent.

Clotilde se pencha en avant :

– Pour nous combler, ma petite puce de maman ?

– Bien sûr, dit-elle sèchement. Mais peut-être aussi pour me combler moi-même.

Un jour, par jeu, elle conçut un plan. Elle voulait tester jusqu'où elle pourrait jouer avec ceux qui vivaient de ses revenus depuis de si longues années. Elle organisa un déjeuner sous prétexte de célébrer l'anniversaire de la mort de son mari. Ses enfants ne pourraient décliner une telle invitation. Elle avait choisi une date qui semblait convenir à tout le monde. La fille dont l'amie était allemande décida plutôt d'aller à Munich.

– C'est dommage, répondit Jeanne, parce que je voulais juste vous dire quelque chose d'intéressant au sujet d'un billet de loterie.

Elle improvisait assez bien pour retenir l'intérêt de ses interlocuteurs. Sa fille sembla soudain intéressée.

– Ne me dis pas que tu as gagné quelque chose, ma petite puce de maman !

– Si tu pouvais ne pas m'appeler « ma petite puce de maman », ça m'arrangerait.

Ce jour-là, un dimanche, ils se retrouvèrent tous autour de la table élégamment dressée par Jeanne. En souvenir de son premier métier, ce repas proposait les mets les plus recherchés. Elle avait même commandé un dessert chez le traiteur réputé le plus cher de Paris. Son projet pouvait maintenant se préciser.

– Bienvenue, mes enfants, dit-elle en les accueillant d'une manière assez solennelle.

Dans son petit salon, elle leur proposa une bouteille de champagne. Au moment du toast, les deux filles demandèrent ce qu'on fêtait ainsi.

– D'abord, nous commémorons l'anniversaire de la mort de votre père.

– Et encore ? dit Clotilde, je dois m'en aller assez tôt, parce que…

Jeanne fit :

– Chut… D'abord, vous allez tous bien m'écouter. Ce que je vous demande doit rester un secret absolu. Je ne veux qu'aucun autre parent même lointain puisse être au courant de ce que je vais vous dire.

– Même pas ma meilleure amie ? demanda Clotilde.

– Il faut rester bien calme, parce que je vais vous annoncer une nouvelle qui va vous surprendre, et sans doute vous enchanter. J'ai gagné les cent dix-sept millions d'euros, le plus gros montant que l'Euro-Million ait proposé jusque-là.

Clotilde en laissa tomber son verre ; Timothy resta les yeux écarquillés. L'autre fille, bouche bée, fixait sa mère.

– Tu nous fais marcher, maman ! Si c'était vrai, la presse serait pleine de cet exploit, il y aurait une foule autour de l'immeuble, tu aurais reçu…

– Le tirage a eu lieu il y a trois semaines. Vous vous souvenez ? J'ai pu garder un secret absolu.

Timothy intervint en bégayant.

– Et tu…, tu as déjà… l'argent, maman ?

– Tout est réglé. J'ai déjà procédé aux placements sur un compte bloqué. J'ai décidé de ne pas toucher à ce capital.

Clotilde commença à calculer.

– Il arrive que le gagnant du gros lot fasse en donation un chèque à chaque personne de sa famille ?

Jeanne dit d'une voix douce :

– Je ne veux rien vous donner actuellement. Je vais garder la totalité de cette somme, placée de façon à rapporter beaucoup d'intérêts… Je veux garder tout cela jusqu'à ma mort. Et, mes chéris, si vous restez aussi parfaits que vous l'êtes actuellement, même si Dieu me donne une longue vie, tout sera réparti entre vous trois. Évidemment, jusqu'à la veille de ma mort, je peux encore distribuer la somme à mon gré, voire même en priver l'un de vous trois. On peut toujours tricher avec la loi, envoyer l'argent dans un pays lointain… Je me sens extrêmement libre, mes poussins…

– Ma petite puce de maman, dit Clotilde, sous le choc, tu n'envisagerais quand même pas de nous en déshériter ?

– Mais non, dit Jeanne. À moins que tu m'appelles une fois de plus « ma petite puce de maman », je veillerai à ce que le partage soit équitable. Sachez cependant qu'il n'y a aucune raison que je vous donne de telles sommes, si vous ne les méritez pas, c'est-à-dire en restant auprès de moi *pour moi*, ce qui n'a pas été toujours le cas. L'idée de passer mes week-ends avec vous m'est agréable… Clotilde, ton amie est charmante. Je viendrais volontiers en visite chez ses parents à Munich. Et, Timothy, tu pourrais me présenter à tes colocataires. C'est sans doute très amusant, d'habiter avec deux filles. Et désordonné comme tu es, au moins, elles doivent ranger, faire la vaisselle, s'occuper de tes tee-shirts… Et puis toi, ma chérie, dit-elle en se tournant vers sa deuxième fille, toi qui es livrée aux caprices d'un individu marié, pourquoi n'essaies-tu pas plutôt de trouver, jolie comme tu es, un homme libre, et fonder une vraie famille ?

Je vous confirme aussi que j'ai la possibilité de laisser ma fortune à une association qui s'occupe d'enfants somaliens… Peut-être même que j'irais jusqu'en Somalie pour contrôler la destination des fonds. Il y a aussi les enfants non-voyants. Bref, il y a plein de possibilités de vous déshériter… Pourquoi serait-on toujours redevable de tout à ses enfants ? Vous les mettez au monde, vous consacrez les plus belles années de votre vie à leur éducation. Puis vous restez seule sur un strapontin de la vie, ou vous faites des voyages avec des copines du troisième âge, hors saison pour avoir des places moins chères. Ce n'est plus une vie !

– Oh, maman, dit Timothy, si tu savais comme je t'admire ! Je pensais qu'un jour tu nous ferais une grande surprise…

Clotilde intervint.

– Moi, je pensais à un remariage. Tu es si belle encore, maman…

L'autre fille ajouta.

– Tu es si fascinante, maman ! Tu as tout à fait raison : je devrais changer de vie, moi aussi…

– Voilà, mes enfants. Maintenant, nous allons passer à table. Venez.

Jeunes adultes hypnotisés par l'argent, aucun des trois enfants ne garda le secret, le confiant à la meilleure amie, à l'amant, aux copains et aux copines. À partir du moment où il fut divulgué, la vie de Jeanne changea. Le téléphone n'arrêtait plus de sonner. La concierge comprit que quelque chose était arrivé à Madame Trident, parce qu'elle recevait au moins deux fois par semaine des fleurs. Par curiosité, une fois, elle regarda et lut : « À notre chère petite maman, avec tout notre cœur. » La carte était signée par les trois enfants.

Jeanne reçut une autre corbeille marquée « Dan ». Bien sûr, Dan ! Jeanne avait pris cet amant quelques années après la mort de son mari, juste pour faire de l'exercice. « Au lieu de jogging, se disait-elle fière de son corps, je fais l'amour. C'est une culture physique comme une autre ». Ce fameux Dan voulait bien l'épouser et ouvrir un restaurant avec elle. Elle avait surtout compris qu'il voulait juste l'exploiter. Elle avait rompu avec lui.

Heureusement, les journaux n'avaient pas révélé le nom du candidat heureux gagnant de la plus grosse somme jamais mise en jeu. Jeanne vivait tranquillement. Comme elle avait dit qu'elle détestait les avares, elle était dorénavant entourée d'attentions. Ses filles venaient la chercher en voiture. « Tu veux que je te conduise quelque part, ma petite maman ? » Timothy renonça à demander une moto et dit humblement :

– Si un jour tu voulais m'acheter une voiture…

– Oh, non ! dit Jeanne. J'ai fait assez de choses de mon vivant. Il faut maintenant attendre ma mort.

Elle ne dépensait plus rien pour ses enfants dont elle recevait beaucoup de cadeaux. Elle fut même invitée par Gertrud dans un hôtel autrichien où celle-ci passait ses vacances avec Clotilde. Elle y fit la connaissance d'un veuf autrichien dans un *Bierkeller* de Grinzing, le quartier joyeux de Vienne. Insouciante, Jeanne ne devait plus penser à autre chose qu'à payer son loyer et à vivre de sa petite rente. Désormais, elle était comblée par ses trois enfants.

Un autre de ses anciens amants, un certain Norman, revint aussi dans sa vie. Il était quincaillier au Havre, et voulait l'épouser pour qu'elle tienne la caisse et organise son magasin de grande classe et de grande diffusion.

Norman l'invita chez Ledoyen pour un repas fastueux, digne du passé de Jeanne qui avait travaillé dans des restaurants aux noms magiques. Norman la regardait avec une certaine convoitise parce qu'elle était encore relativement fringante. Elle désirait plaire. Elle dit à Norman, qui voulait prendre sa main sur la nappe en dentelle :

– Pas la peine ! Je suis éprise de ma liberté.

Norman ne comprit pas bien cette phrase, mais comme il aimait les jolis mots, il en prononça un des rares de son vocabulaire :

– Mais vous êtes, chère Jeanne, encore espiègle !

Il voulait peut-être dire coquette, frivole, prête à flirter. Qu'importe. Jeanne, qualifiée à soixante-deux ans d'espiègle, bénissait son mensonge. Elle n'avait plus aucun scrupule à manipuler son monde. Elle adorait qu'on lui ouvre la portière de la voiture, qu'on l'aide à descendre, qu'on l'invite à Londres aussi. Sa fille aînée qui couchait avec le directeur général de son entreprise, lui dit un jour :

– Mon patron m'a proposé d'aller dans sa maison près de Cannes. Il me la prête pendant son voyage au Népal avec sa femme… Donc, tu pourrais venir dans cette villa, maman, et profiter sur la Côte d'Azur, d'une maison superbe.

La grande vie était belle ! Il était merveilleux de sentir tout cet amour, même simulé.

– Chère maman, comme tu es aimable avec nous ! Tu nous promets un avenir merveilleux et sans souci…

– Tu ne devrais pas te contenter, répondit-elle à son fils Timothy, de l'idée qu'un jour tu auras beaucoup d'argent. Je ne sais pas si je fais bien de te faire miroiter un avenir sans souci. Tout peut arriver. Imagine, je suis invitée à Cannes où il y a un casino. Je ne sais pas comment je peux réagir. Et si je ne pouvais pas m'arrêter, et si je perdais au jeu toute ma fortune ?

Branle-bas de combat dans la famille ! La maîtresse du directeur général se mordit les doigts de son initiative, en imaginant qu'elle exposait la famille à une nouvelle passion qui pourrait gagner Jeanne. Timothy, inquiet, proposa de venir avec elle pour l'accompagner : « Je serai un garde du corps et un garde du cœur. »

La mort de Jeanne survenue accidentellement provoqua une grande effervescence.

Réunis chez le notaire, les trois enfants, guindés, faussement émus, fébriles, attendaient la lecture du testament.

Le notaire ajusta ses lunettes et se mit à lire :

Mes chers enfants,

Grâce à l'invention de ce gros lot, j'ai pu apprécier le bénéfice virtuel de dix-sept millions d'euros. Sur mon billet, aucun numéro ne correspondait au résultat. Devant votre intérêt pour ma nouvelle passion du jeu, j'ai décidé d'être pour la première fois de ma vie égoïste, de penser à moi, de vivre plus agréablement, et surtout d'avoir l'impression d'être aimée.

Comme vous sembliez parfois sincères, j'ai décidé de ne pas blesser votre amour-propre. À vous qui aimiez l'idée d'une grande fortune, je n'ai pas voulu laisser juste un modeste appartement à partager entre vous trois. Je le lègue finalement aux enfants aveugles, à une institution inattaquable.

Je vous laisse donc tout ce qui restait comme Bons du Trésor russes de votre grand-père. Un jour, vous serez peut-être millionnaires grâce à ça. Je vous laisse aussi un grand nombre d'actions Eurotunnel. Vous êtes encore assez jeunes pour en attendre les bénéfices.

Je vous signale aussi que mon incinération et ma place au cimetière ont été payées d'avance.

Je considère que l'espoir des dix-sept millions vous a rendus dignes, chaleureux, attentifs, courtois. Si j'en avais réellement disposé, je vous aurais pourris de fric après ma mort. Vous pouvez sortir du cabinet du notaire la tête haute. Vous avez aimé votre mère selon ce qu'elle méritait. Je vous en remercie. Vous avez été remarquables d'amour et d'attentions. Je ne vous laisse pas de fortune, parce que j'ai toujours joué et jamais gagné, sauf... votre affection.

Dans l'appartement, il y a des bricoles d'un passé de labeur. De ces petites choses, vous ne retirerez pas grand-chose aux enchères ! Si vous ne voulez pas garder mon portrait ni celui de votre père ou la photo de notre mariage, je vous demande de les brûler.

Ainsi soulagée de tous mes soucis après ma mort, je vous salue bien et j'espère que vous vous porterez agréablement, même après avoir entendu mes dernières volontés. Je vous souhaite une bonne vie, et un jour des enfants aussi affectueux que vous l'avez été avec moi.

Merci, mes petits...

Table des matières

Photocomposition Nord Compo
Villeneuve-d'Ascq

« Pour l'éditeur, le principe est d'utiliser des papiers composés de fibres naturelles, renouvelables, recyclables et fabriquées à partir de bois issus de forêts qui adoptent un système d'aménagement durable.

En outre, l'éditeur attend de ses fournisseurs de papier qu'ils s'inscrivent dans une démarche de certification environnementale reconnue. »

CET OUVRAGE
A ÉTÉ ACHEVÉ D'IMPRIMER
SUR ROTO-PAGE
PAR L'IMPRIMERIE FLOCH
À MAYENNE EN MARS 2009

35-33-4881-5/01
Dépôt légal : mars 2009
N° d'imprimeur : 73302
Imprimé en France